湛琦 著

青春偶像励志小说

辛德瑞拉的七杀技 I

山东文艺出版社

图书在版编目（CIP）数据

辛德瑞拉的必杀技 I / 湛琦著. —济南：山东文艺出版社，2009.5
（天使盟丛书）
ISBN 978-7-5329-3000-5

I. 辛… Ⅱ. 湛… Ⅲ. 长篇小说—中国—当代 Ⅳ. I247.5

中国版本图书馆CIP数据核字（2009）第048583号

主管部门	山东出版集团
集团网址	www.sdpress.com.cn
出版发行	山东文艺出版社
电子邮箱	sdwy@sdpress.com.cn
地　　址	济南经九路胜利大街39号
印　　刷	山东信诚印务有限责任公司
版　　次	2009年5月第1版 2009年5月第1次印刷
规　　格	开本/170×235毫米　16开 印张/13.5　插页/1　千字/181
定　　价	19.00元

目录

楔 子

"嗯……以她的手相看来，掌纹清晰，也不错综复杂，可见一辈子不会经历什么大风大浪。不过正是因为这种安逸命，她一辈子都不会有什么大发展，就是那种平凡的人吧！女孩子嘛，日子平安顺遂就行！"

"那就是说，我女儿这辈子都不可能大富大贵吗？那再添个孩子，往后家里的负担不就更重了吗？"年轻母亲睁大眼睛死盯着算命先生，算命先生看看她微微隆起的小腹，只好又低头研究起小女孩的生辰八字："嗯，那我再算算看吧……嗯，很好！她的夫运极佳，而且属于早婚之命，只要父母替她慎选真命天子，这小女娃未来将是嫁给富贵和名声显赫之人，从此'妻以夫贵'，终生衣食无缺，家庭生活幸福美满。"

"那就是说，我的女儿会嫁给金龟婿喽！那可曾是我的梦想啊！竟可以在女儿身上实现！真是太棒了！"年轻的母亲笑嘻嘻地亲亲怀中五岁左右的小女孩那粉粉的脸蛋，"柏灵儿，那妈妈就可以安心给你生个小弟弟了，到时你嫁个有钱人，就有钱给你弟弟买房子结婚了！要是等你那工薪族的老爸买房子啊，你弟弟恐怕娶不到老婆了！"年轻妈妈连忙从口袋里取出一张大钞递给算命先生："谢谢您了，今天让您给女儿算命，就是想决定到底要不要肚子里的这个孩子。既然是大富大贵的命，要个儿子也无所谓了。对吧？"算命先生赔笑地看着这位年轻的妈妈就这样轻率地决定了一个小生命

的生死。还好，今天没说错话，要是无辜害死了小生命，他可要折寿的啊！他连忙补充一句："是，是！令嫒一定能攀上金枝成凤凰，到时你家不也发达了吗？"

"谢谢您！日后我一定仔细把握我家柏灵的异性朋友，绝不会让他被平庸之人追走！"年轻妈妈喜得眉开眼笑，送走了算命先生，然后再次亲亲女儿的脸蛋，"柏灵儿乖！可别怪妈妈自私呃！只能怪你爸爸不小心，害你有了个小弟弟，即然上天让你小弟弟留下来，你就一定要努力找个好归属呃！未来弟弟和爸爸妈妈就靠你啰！"

"弟弟、弟弟，灵儿好喜欢呃！"小女孩努力地将小脑袋贴在妈妈的肚皮上听里面的动静。

"原来灵儿也很喜欢弟弟啊！妈妈真开心啊！现在妈妈可以完全放心地把弟弟生下来了！"年轻妈妈似乎解脱了般地松了口气。

第一章

噩梦的开始　他回来了！

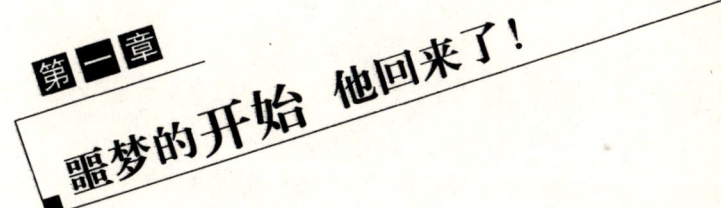

明亮的房间里相对坐着五个人。那对少男少女一直低头坐在沙发对面的板凳上，而沙发上的中年夫妻和长相颇为调皮的小男孩正努力打量着对面的男生。经过一番细细研判，头发烫得跟鸡窝似的中年妇人终于说话了："你家有车吗？"

坐在板凳上的男孩摇了摇头。

"嗯！"中年妇人发出了重重的感叹音，吓得坐在板凳上的女孩怯生生地看了她一眼。

中年妇人又接着问坐在板凳上的男孩："你家没车，也总该有大房子吧？"

年轻的男孩还是摇了摇头。

"什么？"现在不仅中年妇人在咆哮，连沙发上其他两个人也跟着尖叫起来，"既没车又没房，还想和我家美若天仙的柏灵在一起！"

男孩可怜兮兮地说道："我家是捡垃圾、收破烂的，虽然没钱，但我和柏灵是真心相爱的啊！求你们不要将我们分开！"说着，他死死握住身旁女孩的手。

"哈哈哈……"坐在沙发上的三人突然发出嚣张的狂笑声，"感情！太可笑了！你问问柏灵，她能不能和你在一起，她可是我们家的摇钱树，注定要嫁个有钱人！"

"是吗？柏灵你真要找个有钱人？"男孩认真地凝望着女孩。

女孩大大的眼中闪着点点的泪光："对不起！对不起！我是被逼的！"

"那我们私奔吧！我带你走！"男孩坚定地拉住她的手，就要起身离开。

女孩回头望了望坐在沙发上的三个人。谁知道，他们竟手拿绳子和水果刀，一副要自杀的模样。太夸张了吧！女孩痛苦地丢开男孩的手："对不起！我不能这么自私，我不能跟你走，我不能眼睁睁地看着父母和弟弟去死！我得嫁给有钱人，让他们过上好生活！"

　　"你！柏灵……你太让我失望了！"说着，男孩扔下女孩的手走了。望着他远去的背影，女孩声嘶力竭地喊着："不要怪我！我是被逼的，对不起！"

　　沙发上的三个人终于露出了胜利的笑容，然后步步逼近坐在地上痛哭的女孩，突然掀掉自己的脸皮，竟是三个张牙舞爪的恶魔。

　　"啊！"女孩拼命地站起来向前跑去，"救命呀！救命呀！"

　　"别跑！给我们名车、名楼和大把的钞票！你是我们的摇钱树！"恶魔们露出极丑无比的獠牙怪叫着。

　　"我没有！我什么都没有！放过我吧！"女孩没命地往前跑，跑上了大路，对着来往的行人大声求救着，"救我啊！"

　　忽然间，就像一阵魔法，大路不见了，行人不见了！场景转变成黑压压的森林，女孩身上的衣服换成了红色的长纱裙，头发也变成了古代仕女的发型。"我在哪？"女孩自言自语地问道。

　　"聂小倩，你还想跑！乖乖给我嫁给黑山妖怪老爷，他马上就要来迎亲了！"三个追她的恶魔再次出现在面前，现在他们的打扮完全就是电影《倩女幽魂》里树妖的山寨版。

　　"我是聂小倩？"女孩糊涂地打量着自己身上的装扮，确实和剧情中一模一样。"看不出来，我扮小倩还挺漂亮的嘛！"女孩偷笑。

　　"别想什么歪主意。有我们三个守着你，你跑不了的！"三个山寨版树妖说道。

　　"我为什么要嫁给黑山老妖？"她倒是称职地扮起聂小倩来。

　　"因为我有钱！可以买名车、名楼给养育你的树妖！"一阵黑风掠过，全身披着钞票斗篷、眼睛泛着幽幽蓝光的怪物出现在女孩的面前。"我现在有大把的金钱！"它抖抖贵气的斗篷。那些钞票满天飞舞着，简直把暴发户的气质表现得淋漓尽致啊！

　　女孩狠狠地说道："你以为金钱就可以买到爱情吗？我是不会嫁给你的！"

　　黑山老妖用两只冷冰冰的爪子一把掐住了她的脖子，力道渐渐缩紧："我有钱，起码可以让树妖把你卖给我！以后你得帮我洗衣服、袜子，还有捶背……什么都得帮我做，我要累死你！哈哈哈哈！"

她喘不过气来了："救命……""放开她……她不行了……"她朦胧中听见三个树妖和那个有钱的黑山老妖在放肆地尖声大笑。她快不行了吗？她要死了吗？

"哇，哇！不要啊！"柏灵猛然从床上坐起来。额边沁出淋漓的冷汗。

"我的天……"她用力喘气，胸腔迫切地吸进大量新鲜空气。

又梦到他！他再次以另一种形态出现在梦中！淡蓝色的眼睛……太诡异了！她起码超过五年没有类似的噩梦，为何阔别良久之后，这情景会再度出现呢？

挥之不去的预感弥漫在她的脑海里。女孩敏锐的第六感告诉她，自己平静的生活即将遭受巨大的冲击。

"呜！"一根喷着热气的舌头凭空出现在她眼前。

"怪物来啦！"柏灵再度弹起半公尺高。

"呜！"壮实的黑色牧羊犬发觉自己吓着了小主人，有些汗颜地垂下头去。

哦，她的心脏快不行了！某些文人贤者好像说过"一日之计在于晨"、"好的开始是成功的一半"这些名人名言，若真如此，她简直没有勇气下床面对接踵而来的多灾多难。

"仔仔，又是你！"旧仇新怨一起涌进她狭小的胸襟，"刚才一定是你压在我脸上，害我才会有那样的梦。是不是？害我梦见黑山老妖，现在看，那副嘴脸还真像你啊！我都警告过你几次了，不、准、跳、上、我、的、床！只要再犯一次让我抓到，你就给我吃一个月的稀饭吧。"

"汪！"大黑狗赶忙跳下主人的香榻。识时务者为俊犬，它恨死了淡而无味的稀饭。不就是好心叫主人起床吗？招谁惹谁了。它"哼呀"

一声走出了小主人的房门。

"哎呀，七点一刻了！"这时迟钝的狗主人终于察觉到忠实的狗跳上床的原因了，"再不起床，开学第一天就要迟到了！"咦？家里怎么静悄悄、一点动静也没有啊！难道其他三位家庭成员都还没起床？

天啊！这都几点了！这群懒虫还睡着呢！柏灵彻底溃败。她得赶快唤醒他们，特别是老妈，因为她先起床才意味着大家有早餐吃。

柏灵跳下床，以打破吉尼斯世界纪录的速度套上衣服，脚跟一转，迅速奔出房门外，沿着房间的走道拍打每一扇经过的房门。

"快点起床了！爸，你八点钟还约了客户谈保险，如果这个月再不完成保险任务，你可能会被开除呢。妈，家乐福超市八点半开门，第一批进去的顾客可以买到半价的鸡蛋。柏文你这个不争气的家伙，再迟到一次就要被学校开除了，到时候你将成为全中国第一个因迟到次数过多被小学退学的蠢蛋，可别怪我没警告你！快点起床！再给你们三分钟！计时开始……"

房门内纷纷传出灾情惨重的呻吟声。

"怎么刚刚合上眼，天就亮了？"从弟弟房间里传出来抱怨声，"如果天永远都不亮，那该有多好啊！"

"只有你这头懒猪才有这样的想法！"柏灵狠狠白了里屋的弟弟一眼，"老妈就不该把这头懒得抽筋的猪给生出来！"

"喂！你弟弟是猪，我生了他，那我不就是母猪吗？"这时柏灵的老妈蓬着一头乱发走出房间，恶狠狠地叉着腰看着柏灵，听说她这发型还是今年欧巴桑中最流行的火鸡头。"那你也是我生的，你自己看着办吧！"说完她不忘冲房间一阵大吼，"老公！你还不起来，想想你三十年的房贷款，如果被公司开除了，谁来还这笔钱啊！"

"不是还有我们家柏灵吗？算命先生说她可以钓到金龟婿的，到时让我们有钱的女婿还不就得了！"

说到这儿，老妈似乎想起什么似的，一脸献媚的笑容望向自己的宝贝女儿："宝贝！可也得有有钱的公子哥追你啊！"

"拜托老妈！我才读高中耶！我现在首要的任务是学习，不急着谈恋爱！"柏灵翻翻白眼。

"什么不谈恋爱，那你以为我倾尽所有，把你送进全市最好的重点高中是干什么的！"老妈显然要抓狂了，"那还不是因为那里有钱人家的公子多！"

"拜托！讲点道理，这所重点高中是我自己考进去的好不好？"

"可是，如果你读第二志愿的那所普通高中，我们不但可以不交钱，还可以拿到一笔奖学金呢！还不都是为了让你进好一点、高级一点的学校去结识有权有势家庭的男孩吗？我为了你的幸福简直掏空了心思啊！你竟然还不领情！"老妈鼓着眼睛口喷白沫地说着。

"喂！你到底是不是我妈啊！哪有像你这样希望靠女儿出卖色相发财致富的！"柏灵快气晕过去了，她决定要找个机会去验验自己的DNA，搞不好她真是被爸妈从垃圾堆里捡回来的。想想天下哪有像她爸妈这种父母，整天巴望着未满十八岁的女儿和有钱人家的公子哥谈恋爱。

"妈，你就不能像别的父母那样吗？前些天蒋晓舞的妈妈在书包里搜出了男生的情书，还狠狠教训了她一顿。多称职的父母啊！"

"你既然和蒋晓舞是朋友，在一个学校学习，吃一样的饭菜，花同样多的钱，又是一样的老师教，还在同一个班上课，可为什么你的魅力指数就相差那么大呢？她为什么总能收到公子哥的情书？嗯？"

"妈妈……"柏灵哀嚎一声。

"女子无才便是德！嫁个有钱人才是女人的毕生幸福！"听听，这就是她老妈的观念。柏灵决定坚持到底："这都什么年代了，我们女人要自强，不能靠男人。我要好好学习，以后要靠自己双手赚来的钱养活你们！"柏灵一手高高举过头顶，如顶天立地的神奇女侠般叫道。

"哼！别以为考进市重点将来就能成女强人，你这一生注定是灰姑娘的命，迟早要嫁入豪门的。这是你今生的命运……知道吗？从你很小

的时候开始……"很显然，火冒三丈的老妈要用冗长的演讲开导女儿。柏灵连忙准备闪进洗手间避难，谁知道有个黑影更快一步闪进了洗手间，正是她那上小学六年级的宝贝弟弟。他正欲关上门，却被柏灵抢先一步抓住洗手间大门的把手："死猪！是我先起床的，应该我先用洗手间！"

"你不正和妈商讨嫁入豪门的细节吗？"弟弟柏文死死拽住门内的把手，和柏灵开始了每天必上演的拉锯战。

"谁说我要嫁入豪门啊！给我出来，你这个烧包小子，一进洗手间就要打扮半个多小时。不行！你让我先进去！"

"就不让！老妈帮我，上学要迟到了！"柏文连忙朝老妈求救。

老妈得令后，从身后伸出手，挠了挠柏灵的胳肢窝，柏灵突觉全身无力，每个笑神经都被触动了，大笑一声。柏文趁机猛地拉上门，在里面反锁，然后传出来奸笑声。

"妈！我上学也会迟到呃！"柏灵没好气地叫道。

"你不是刚刚说过，弟弟再迟到就要被开除吗？你应该让着他！"这时，柏灵的老爸穿戴整齐地从卧室里走出来。柏灵的妈妈只要有机会就要联合多方力量去动摇女儿自强的心："是呀！而且这也不是你弟弟的错啊！如果你找个有钱人，我们全家都能住上大房子，每层楼都有好几个厕所的，我们也不用都争着上一间洗手间了。是吧？孩子他爸！"

"是呀，老婆！你也不用这么早就起床，为我们全家做早餐了，因为有保姆嘛！看看我这可怜的老婆，都累成黄脸婆了！"柏灵的老爸心疼地拍拍柏灵老妈的脸蛋。

"是呀！还不是都要怪这个不争气的女儿！为什么还没有王子发现我家这块宝玉呢？"

柏灵不去理会这对活宝父母的埋怨，径直回到自己的房间，开始收拾书本。这种老套情节天天都会上演，而且版本各不相同。有如此父母，生活怎能不精彩呢？

柏灵好不容易等到超级臭美的弟弟走出洗手间。整个小空间里充满了发胶的刺鼻香味，她无奈地捂着鼻子，用最快的速度洗漱完毕，来到客厅吃早餐。一家人开始一天中最重要的仪式。不过这个仪式仅限于除柏灵外的家里其他三位成员参与。他们双手握拢，虔诚地开始祈祷：

"神啊！谢谢你赐我美食，请您用同样的善心赐予柏灵一个有钱的男朋友吧！"

当他们完成这项貌似神圣的仪式时，玄关处的大门一声巨响。显然，柏灵已经破门而出，去上学了。

柏灵刚刚迈出家门，就觉得世界顿时一片清静："哇！多美好的早晨啊！"她不由打了个大大的哈欠。

"咔嚓咔嚓！"一阵奇怪的声音传入柏灵的耳朵。她猛地回头，发现那声音来自离家不远的电线杆后。她发现后立马追过去。电线杆后穿着大风衣、戴着"渔夫帽"的家伙似乎还没反应过来，依然拿着照相机在那儿狂拍，"人呢？"

"在这儿呢！大叔！"柏灵已在他身旁，拍拍他的肩膀。

"怎么一下跑这儿来了！""渔夫帽"不禁念叨一句，忽然意识到什么，拔腿就要跑。柏灵将他死死拽住："说！你是不是一直在跟踪我？"

"谁……谁跟踪你啊？""渔夫帽"狡辩道。

"不是你是谁！怪不得这些日子我总觉得有人在某个角落里盯着我！快说！你有什么企图？再不说我就拉你去警察局！"

"这个……""渔夫帽"停止了挣扎，转身堆出满脸献媚的笑容，"还不是因为你长得很可爱、很漂亮？我是星探，真的！"柏灵逼近他一步，几乎把脸贴上"渔夫帽"的脸："大叔，拜托你说谎要职业一点，我很漂亮吗？我很可爱吗？我可以当明星吗？我都没发现，你怎么发现了？"

"其实我也觉得奇怪啊！像你这么不出众的女孩也有人委托追踪调查，真是的！""渔夫帽"一脸的纳闷。

"你说有人追踪调查我？"柏灵声音提高了八倍，"是谁？"

"渔夫帽"整理整理风衣的领子："我怎么说也是个职业的私家侦探，不会把委托人的名字随便透露给你的！"那副正义凛然的模样都可以与革命工作者媲美了。

柏灵开始摩拳擦掌："那咱们去警察局说清楚……"

"哎！我的委托人就是你身后的那位帅哥啦！""渔夫帽"指指柏灵身后说道，"您怎么亲自来了！真不好意思！"

帅哥！听起来让人流口水的名词。也许曾和哪位帅哥擦肩而过，对方为了找寻芳踪而请了私家侦探追踪调查她！柏灵在瞬间的浮想联翩后猛回头，眼睛四处扫射，身后空无一人。上当了！再回过头，"渔夫帽"早已跑得连烟都没了。她早该明了不会有帅哥来寻找她，王子与灰姑娘不都出现在小说里吗？自己永远都不应该有奢望！柏灵有些自怨自艾，失掉一个抓到跟踪者的好机会。跟踪她，到底有什么目的呢？正想着，柏灵却不经意间瞥见报摊上那些报纸头版头条的黑体大字——三大唱片公司悬赏百万寻找天使的声音——灵歌！

不会……不会是因为这个吧？

"渔夫帽"坐在咖啡馆里，连灌好几杯柠檬水才稍微平静下来。还好跑得快啊！要不然，被她抓住，还怎么在这行混下去！这时，咖啡馆大门上的风铃响了，一个全身黑衣、身材修长、头戴棒球帽、脸上还架着一副超大墨镜的男生走了进来。又是这副打扮。这个委托人怎么能比他的行头还酷呢？"渔夫帽"愤愤不平地念叨："装酷！"

男生在"渔夫帽"对面坐下，发声了："我要的资料都有了吗？"语句简短，声音有些哑，不过格外有磁性。

"有了，都准备好了！""渔夫帽"把早已准备好的牛皮纸档案袋递过去。男生似乎有些迫不及待地打开，档案袋里是厚厚的一沓女生的照片和资料："柏灵——终于让我找到你了！"他嘴边不由露出一丝坏坏的笑，"蓝园高中……"

男生不经意间抬头："你看我干什么？"发现对面的"渔夫帽"正

在费力地将头贴在桌面上，想透过墨镜的下部缝隙看清他的真实面目。

"只觉得你年纪轻轻的，不会是想对这个女孩做什么坏事吧？""渔夫帽"嘀咕着，想进一步细看。

男生连忙把棒球帽拉得更低些："私人侦探大叔，你就别担心了。她啊，不把别人怎样就谢天谢地谢菩萨了，还指望别人能将她怎样？"因为帽檐拉得太低，"渔夫帽"实在看不清男生说这话时的表情，但他的确赞成这男生的说法。那丫头上辈子肯定是个干体力活的，要不然怎么力气跟熊似的。要不是他今天机灵，说不定早被她揪到警察局去了。

"这是你的报酬。"男生不再多说，将一沓钱放在桌子上，转身往店门外走去。"渔夫帽"看着他修长而健硕的背影突然觉得很是熟悉——武林高手？不，不！像007特工！嗯！更像国际刑警！到底是谁呢？为什么好像在哪儿见过，可就是想不起来了。

当！当！当！当！

四点整，提示下课的钟声敲醒了那些纷纷沉睡着的学子们。

"好啦！今天就讲到这里。五月联考就要到了，害怕自己分数太高的同学尽管上课睡觉！我知道你们这里好多都是贵族子弟，家里非富即贵，但是你们也应该清楚我们学校的规矩。联考主科3门不及格，你们就等着收劝退通知书吧！真不知道好好的重点高中怎么就变成太子书院了！真是的！"英语老师甩甩烫得像大菊花般的蓬乱发型。这最后的总结带出许多愤世嫉俗，终于鸣金收兵，施施然走出了教室。

教室内一片嘘声。每年的五月，全校的考试高峰期来临，佛祖的大脚丫又获得众位学子诚心拥抱的机会。

"也不知道是谁发明这联考的臭规矩。真讨厌！"

"我们进学校时，赞助费都交了十几万了！本以为在这里混混就可以进重点大学了，哪知道它比一般的贵族学校管得严多了！"

这是两位全国最大连锁超市老板的公子、小姐在相互发着牢骚。

"不严，它每年的升学率能那么高嘛！一开始我就不想读这所破学校，要不是我爸在商务聚会上吹牛，说我读重点高中是给他长脸，我才不要来！"地产商的儿子总会及时地显出厌烦的神情，刻意抱怨那些花样繁多的商务聚会。时下，这些聚会既用来谈生意，更可用来攀比家事与财富、老婆或首饰，以及儿女们的发展。

"联考又快到了，今年该怎么办啊？真不想让家里再收到劝退通知书。上次收到那破通知书，害得我被家里经济封锁了一个多月！就这样错过了iPhone的限量版手机！"市府高官的宝贝女儿气愤地翻转着自己崭新的第101部新手机。她有严重的手机收集癖。

在这样一所令人眼花缭乱、犹如各国公主和王子大聚会的学校里上学，生活怎能不精彩呢？

柏灵坐在惯常的位置，懒洋洋地伸着懒腰，慢慢将身体提起来，浑身虚脱无力，觉得乏味透顶。英语老师照本宣科，既没意思，又祸害这些貌似单纯的心灵。要不是意志更坚强些，就真要随那些同学们一起睡过去了——学海无涯，唯"倒"是岸啊！她有气无力地将浓密的黑发绑成马尾形，然后用自动铅笔固定在脑后。这个如火炉般的城市，刚刚过完阳春三月，天就开始燥热起来。真是的！柏灵抓起书本扇着风，突然觉得烦躁异常，似乎感到有不好的事情要发生。双鱼座女孩的第六感向来是很准确的。

"柏灵，刚才英语课你有做联考勾题的笔记吧？"向来自认为帅过张东元的日夕财团公子左安，勾起一丝足以迷死眼前飞过的任意一只蚊子的微笑，对柏灵说道。

"嗯！"柏灵并不想搭理他。这家伙除了会为自己修一手好指甲外，简直一无是处。

"那你帮我也抄一份吧？嗯——"他将手温柔地搭在柏灵的肩膀上。

仿佛会感染禽流感，柏灵立马闪开，将笔记本扔给他："自己抄吧！抄完记着还我。"

左安不可思议地盯着柏灵，并伸出自己的纤纤玉指："刚刚修过指

甲呢，还涂上了营养油，现在抄笔记会弄花我的手指甲。还是你帮我抄吧，我给你钱！"说着拿出一张百元钞票递到柏灵的面前。

"左安！这帮优等生就喜欢钱，每年的奖学金就那么点钱，他们都能争得脸红脖子粗。给她钱一定帮你抄！"一旁的纨绔子弟们开始起哄。

"你们这群寄生虫！不要以为有钱就可以解决一切问题！"柏灵拍桌而起，"你们这群懒人怎会明白荣誉和自尊。要证明、要在乎的是自己的实力，根本不是那些钱！既然有钱，就雇人帮你联考吧！败类！"柏灵一把夺回自己的笔记本，继续看书。

"柏灵——你！你……"左安被骂得好半天才回过神来，颤抖地竖起兰花指："你这个草根女……你们这种女生进贵族高中，目的不就是想攀龙附贵吗？像你这种既没有appearance(容貌)又没有figure（身材）的女人还想攀上枝头当凤凰，你别做梦了！就凭你还嫌弃我？当一辈子的草根女吧……哼！"左安兰花指一转，竖起一支青葱玉指，一脸不屑地指向柏灵，却被柏灵一把捏住，向上反拧："再严重声明一次，我是凭自己的实力考进这所学校的，左安同学！"

"指头……要断了……你这个死草根女，给我放手！"左安痛得一阵怪叫，吓得四周看热闹的纨绔子弟们心惊肉跳。眼看被左安精心护理、弱不禁风的纤纤玉指要被拧成麻花状了。

"你们在干什么？"一个卷发大眼的女生不知从哪儿冒出来，她便是柏灵在这所学校唯一的死党蒋晓舞，"在玩游戏吗？我也要玩！"她很巧妙地挡在了柏灵与左安之间，将柏灵的手拉了回来。

左安早已痛得面部扭曲。好不容易等柏灵松了手，他的五官才稍稍平整了些，胆子就大起来："你这个死……"

蒋晓舞笑容可掬地拉过左安的手："左安你好坏呃！下次玩游戏不要忘了我呃，你明知道我和柏灵是最好的朋友，你怎么能只叫她玩，不叫我玩呢？再有下次我可不理你了！"

"这……"

左安是一定要给蒋晓舞面子的。这位仅次于校花柳苏苏的美女，虽然不是上流社会出生，但是在学校里却很有地位和号召力。她是平民学生，却在校内第一个破格进入以往总由贵族学生垄断的学生会；她连续几年被众多男生私下评为校内年度最想约会女生榜的前三甲；是学校舞蹈社团的台柱。左安就不明白了，为什么这么优秀的女生会和草根女柏灵混在一起。看着蒋晓舞将柏灵拉出了教室，他只有感叹一声："这完全是暴殄天物嘛！"

"有什么事啊？小姐！"直到被拉进了学校的后花园，蒋晓舞这才停了下来，柏灵不由问了一句。

蒋晓舞也不急着回答，只是上下打量了一下她，便皱了皱眉头，一把拉下柏灵插在头上的自动铅笔："哎哟！你怎么不干脆插簇草在头上把自己卖掉！"蒋晓舞有些受不了地打量着她，"花点时间收拾一下自己，就有那么难吗？"

"我又不用去选美！"柏灵嘟囔一声。

"可这是贵族学校呢，我们可以穿不起名牌，但是起码要把自己收拾得光鲜一点，告诉那些千金小姐们，真正的美不是靠名牌衣服衬托出来的……懂吗？嗯！我们要穿出我们的自信来——"

妈妈咪啊！真是对牛弹琴，在她这么慷慨激昂的演讲后，柏灵那个死丫头竟还想用从她口袋里不知道掏出来的什么东东，准备再次将头发盘成道姑的发簪，她已经没得救了！蒋晓舞没好气地露出了母老虎的凶相："你到底有没有听我说？"

"在听啊！"柏灵理所当然地答道，在发现死党一脸即将火山爆发的表情，她连忙赔笑，"我一向把你说的话奉为圣旨，你是知道的。晓舞，对吧？"

"那你为什么还要跟左安吵架……你差点扭断他的指头，你知不知道他的手指甲可是上了万元保险的！"

"如果我扭断他的指头，他便可以趁机大赚一笔！"

"难道你不知道，他的伯父和校董是世交？你今年的奖学金难道不

想要了吗？"蒋晓舞提醒她。

"我不会为这个去巴结他，更不会去帮那个废物抄笔记，我又不是菲佣！"

"我没让你巴结他，但是起码你不要去惹他！"

"是他惹我好不好？"没有什么好解释的。柏灵顿了顿，"奖学金没了就没了！"

"可你不是说，灵歌的网站马上就要到期了，你急需要一笔钱啊！"

柏灵泄了气，是呀！一千元钱，她到哪里去找啊？

"你这个网管也太辛苦了，灵歌怎么连自己的网站也不管一下，起码网站的续费她该负责吧！"真是皇帝不急，急死太监。

"也许她写歌很忙？也许她也没钱！也许……"

"也许什么啊！你看看今天的报纸，所有的头版头条都是唱片公司在寻找灵歌！"蒋晓舞从口袋里掏出报纸，"她马上就要出唱片、成大明星了，你去问她要网站续费去！"

"她不会出来的！"

"不会吧？"蒋晓舞一脸不相信，"她才不会这么傻，这么好的机会……"

"她真不会出来的。她说，在网上写歌、唱歌，只是个人爱好而已，不想出唱片，也不想当明星。"柏灵急急地解释道。

"哈！她是古墓里的小龙女吗？这么不识人间烟火……难道她甘心一辈子都是网络歌手，让这么好的声音埋没在网络里？"这是什么心理啊！太复杂了，蒋晓舞觉得简直值得开门课研究一个学期了。

"柏灵，你了解灵歌吗？你都为她的网站工作一年了。她到底是什么心理啊？要是我，早冲出去了。写这么多的好歌，不就是希望能有更多人欣赏吗？"

"说不定人家自知长得对不起观众，所以才不出来挑战众人的视觉神经……"柏灵耸耸肩。

"灵儿你是不是有什么事情瞒着我……"蒋晓舞眯着眼睛盯着柏灵。

"没有，没有！"柏灵的头摇得都差点从脖子上掉下来。

"你是不是私下见过灵歌了？网友见面？嗯？"蒋晓舞激动地一把抓住柏灵。

"我见她时一定带上你！"柏灵伸出三支手指头，发誓说。

"那就对了！灵歌一定不是你说的那样，因为拥有那么美丽声音的人，肯定长得美若天仙！"蒋晓舞每说一句，就如在心中膜拜自己的真神一般，"她肯定是有些紧张，我们作为她最忠实的粉丝，应该劝劝她，不要放弃这么好的机会！"

"既然我们喜欢她，就应该珍重她的选择！"

"嗯，其实你也说得没错，我只是觉得好可惜啊！要是换成我就好了，为什么好的机会从来不光临我呢？"

"你已经很优秀了，晓舞！"柏灵拍拍她的肩膀。

"优秀又怎么样，我既没有靠山又没有机遇！"蒋晓舞有些泄气。

"放心啦，晓舞！机会永远是留给有准备的人。你看我们学校的柳苏苏不是参加了一个选秀比赛，马上就能出唱片了吗？你以后一定要积极参加这样的比赛，准能有音乐人看上你！"

不提还好，一提她蒋晓舞就火大："去！别跟我提她，又不是不知道，我最看不惯她了。不就是参加过一个什么唱片公司的歌唱比赛，家里有钱买选票，得了个什么最高人气奖吗？还说要发唱片，这都一年多了，一点动静都没有，还好意思闹得满城风雨，好像自己真成了什么校园明星似的！"蒋晓舞撇撇嘴，不屑地说着。她早看不惯柳苏苏，因为在校园名人榜上一直有柳苏苏第一、蒋晓舞第二的说法。蒋晓舞一直对这个也不知道是谁排出的榜单很是不服！"看看人家灵歌那么有才华的人，多低调啊！自己默默地在网络里写歌、唱歌！到现在红透了半边天，有那么多家唱片公司都在网络中寻找她，希望能给她出唱片，可她总是低调……多有艺术家气质啊！"这时蒋晓舞一脸的崇拜，"我家要

像柳苏苏家那么有钱，有能力请老师来培养我，我才不会去丢脸，只拿个最佳人气奖。现在说不定唱片都出了好几张了！要我说啊，这机遇永远是留给有钱人的。"

"好了！好了！别在那儿碎碎念了！什么时候美少女蒋晓舞变成饶舌的老太太了！"柏灵急忙转移话题，"你还没说，到底找我是什么事啊？""天啊！我差点忘记把这个超级好消息告诉你！"蒋晓舞瞬间神采飞扬起来，神秘兮兮地看看四周，在确定没有外人之后，才悄声对柏灵说，"我告诉你，咱们学校马上要来一位天王巨星呢，就算你打破脑壳也想不到那个人是谁呢！"蒋晓舞似乎兴奋得眼睛大放光彩。

"又是哪来的小道消息啊！天皇巨星会跑我们学校来，干吗？开演唱会吗？"

"你的脑袋是用来装饰的吗？难道你忘了我姐姐的死党是干什么的？上次王菲演唱会的票不就是她给我们的吗？"蒋晓舞得意地耸耸肩。

柏灵突然记起，蒋晓舞表姐的死党在一家著名唱片公司旗下的明星经纪公司工作，常常可以抓住一些国际巨星们的私下动向。根据蒋晓舞兴奋得连声音都发抖的情况来看，来者的身份非同小可。柏灵便来了兴趣："谁？谁？谁？是不是王力宏啊？"她可是王力宏的铁杆粉丝。

"比他还要大牌！是近两年才红的亚洲小天王SUN！那个擅长劲歌热舞的帅哥，当红辣子鸡哦！名字也取得好，SUN——太阳！不知他现在是多少女孩心中不灭的太阳呢！"蒋晓舞几乎要手舞足蹈了。

"我发现你提到哪个明星都兴奋！曾经还说过，灵歌是你一生的最爱！"柏灵撇撇嘴。

"谁说的？我也就只喜欢他们两个。如果他们俩能在一起，你说该有多完美啊！生个宝宝肯定也是个万人迷了！"

柏灵翻了个大白眼："亏你想得出来，怎么不去写小说啊！"

蒋晓舞说话向来跳跃性很强："对了！你知道吗？SUN是来我们学校读书的！"

"他知道自己知识匮乏了！"柏灵在电视上见过一次SUN。他在日本开演唱会时，主持人希望他跟日本粉丝问个好，那傻瓜竟然说"撒哟娜啦"（再见），引得全场爆笑，而他呢，则是傻傻地摸摸脑袋，然后朝观众席鞠了一躬，竟也引来了一群女生的狼嚎声，还有的竟大声用中文叫着他的名字，为他加油！甚至有的女生还尖叫着说他很"卡哇依"（可爱），问他刚才说"撒哟娜啦"是不是故意逗他们开心的！这让柏灵第一次觉得长得帅确实有一定的优势，要是换作一般人，早被扔鸡蛋了！不过自那以后，柏灵便再也不看关于他的新闻和报道了，觉得他曾一度丢了中国人的脸。

"才不是呢！听说他的新专辑《辛德瑞拉的奇遇记》中有首男女对唱的歌曲，他到我们学校是来寻找一位和他对唱这首情歌的幸运女生的！对了！你别告诉别人啊！这是我表姐死党偷偷告诉我表姐的呢！她说这还是一个未公开的秘密，只有SUN到了学校，他们才会召开记者招待会发布这个天大的消息！"

"噱头！那么多女明星他不找，非找我们学校！分明是变相宣传他的新专辑嘛！唉！现在的歌手为了宣传、炒绯闻真不择手段，连学校的主意都打上了，还是这所贵族学校，也许他是来钓富婆的。"

"晕！柏灵你对他有偏见！校庆艺术节不是要举办歌唱比赛吗？这次比赛被SUN的公司聚光承办了，做成了一档选秀节目。为了给聚光公司储备新秀，聚光公司还会带合同来，现场跟冠军签约。对了！电视台都要来现场直播，而我帅气的王子SUN会作为嘉宾，从中选出与他对唱的女孩！"蒋晓舞越说越激动，尖尖的指甲几乎掐进柏灵的肉里，"柏灵，我们一起报名参加校庆文艺演出吧！也许那个人是我，也许会是你呢！我们都有机会成为被王子选中的灰姑娘，成为未来的大明星的！"

"是你！绝对不包括我……"

"可你会帮我的，对吧，灵儿？"蒋晓舞眨着眼睛盯着柏灵。柏灵不得不承认，蒋晓舞就算眨眨眼睛都很迷人，别说男生，就连她都有些晕了，所以就算是上刀山、下火海，也得扛了。

"尽管说，只要我帮得上！"柏灵拍拍胸脯。

"我想演唱灵歌的那首《深夜的辛德瑞拉》，可我没有伴奏碟，所以能不能让灵歌把这首歌的纯音乐给我，然后让她在网上声明，授权我唱这首歌曲。我……我知道这个要求很过分，但是这样，我当天的胜算会比较大。你知道柳苏苏家里就请人给她原创了歌曲，我……"

"就这事啊？那首《深夜的辛德瑞拉》你唱好了，你这么喜欢灵歌的歌曲，灵歌会很开心的。再说了，这首歌被你这样美丽可爱的女孩演唱，还是她的荣幸呢！"

蒋晓舞受宠若惊地尖叫："能唱她的歌才是我的荣幸，就怕灵歌不答应！"

"唱吧！没问题，我跟灵歌提过你。呵呵！"

"真的吗？真的吗？太棒了！灵歌竟然知道我耶！她能收我当徒弟吗？我们能跟她见面吗？"

"灵歌说只要我们喜欢她的歌就行了，她没想过要打破自己平静的生活！"柏灵一脸为难。

"灵歌未来还是会成为大明星的！真的，你相信我！"蒋晓舞如一个大预言家般很笃定地拍拍柏灵的肩膀，"没有人愿意埋没自己的才能！你等着吧！她会出山的！"

"那除非是太阳从西边出来了！"柏灵笑着说道。

"唉！太阳从西边出来有什么难的？这不，SUN这个太阳就要到我们学校来了！这证明这个世界上没有不可能的事，最重要的是我们的坚持！"蒋晓舞抓起柏灵的双手，夸张地叫着口号，"SUN你是我们的太阳，是我进入娱乐圈的希望！"

太阳？希望？在柏灵看来恐怕是一场灾难！到时候学校里必定会沐浴在血雨腥风的争斗之中，女孩子们都为了他或那个名额争得你死我活！到最后SUN的新专辑一出来，大家便会发现那个与SUN对唱的不是我们学校中任何一位女孩，而他的宣传效果也就达到了！娱乐圈就是这个样！

柏灵用忧天下之忧的眼神望向蒋晓舞，而这位大小姐的心早飞掉了，用一脸向往又坚定的表情发誓道："这个与SUN对唱的机会一定是我的！"

柏灵忽然感觉全身冷颤，她意识到灾难正在慢慢逼近。

顶楼！为什么非要是顶楼？既然已经贷款买房了，为什么不能买好一点的楼层。九楼啊！平时爬爬就足以让人产生高原反应了，而今天，柏灵刚参加完学校的3000米跑体能测试，可想而知，现在的她是怀着登上喜马拉雅山的心境，举步维艰、有气无力地一层层往九楼挪动。

还有最后的6级阶梯，希望就在眼前了！

等等！她家隔壁邻居的大门被打开了？

这屋子是邻居李伯伯的。他儿子去上海打工买了房子，就把他接了过去，房子就一直空了下来。因为朝向不好，也租不到好价钱，所以李伯伯干脆就不租了，直接把钥匙交给了柏灵，让她任意使用，顺便帮着看看房，说等他儿子结婚了，他就搬回来住。柏灵将其中的一间小房改成了自己的小空间。原因有二，其一是因为李伯伯的儿子原来是玩乐队的，所以在小房安装了隔音板，能保证给柏灵一个绝对安静的空间，就算她在里面唱大戏也没人会有异议。其二是她在一年前偷偷用自己所存的压岁钱和零花钱给自己购置了一台电脑，这件事要是被柏文知道，很可能会被他占为己有，变成那小子的游戏机。而且电脑里有很多她的小隐私哦，当然不能随意给别人看了。所以她将电脑放置在了自己的小空间里，既安全又能在学习之余上上网。

李伯伯将房子给她任意使用这等好事，柏灵当然是不会让她老妈这样好财之人知道的，要不然她妈怎么也得跳楼大拍卖，偷偷把这套房子租出去，赚一笔生活费！哎哟！怎么会有这样的妈妈呢？从古至今估计也就出了她一个吧！

那为什么李伯伯家的门会被打开呢？李伯伯不是前天刚跟她通过电话，说明年才会回来，柏灵可以继续使用房间吗？可这门……难道会是

小偷？

天啊！她的电脑，还有她所有的宝贝都在房间里。柏灵忽似化身为动作敏捷的飞虎队员，用最快的速度奔上六级台阶，冲入房间。

小偷？还是三个小偷！这是柏灵的第一反应，因为这群家伙正想努力用工具打开柏灵小房间的门。

"陈焰枫，你小子不是夸口说自己是开锁高手吗？为什么都半个多小时了还没打开？"

"老大，我说还是一脚踢开它得了！"

"尹成浩你的头上套了袋子吗？踢开门还要请锁匠来修，又得花钱！"

看来这三个小偷并不专业嘛！柏灵拿起客厅门后的扫帚轻手轻脚地走过去，就在她准备劈头打下之时，三个男生仿佛有预感般一起回头："打劫啊！"。

"做贼的反而喊抓贼！真是的！你们今天死定了！"柏灵使出小时候在《射雕英雄传》中学来的丐帮打狗棒法，对三个贼一阵穷追猛打。

三个贼被打得鸡飞狗跳，惨叫声不绝于耳。

"年纪轻轻不学好，就想不劳而获！我要替你们长辈好好教训你们，看你们还敢偷东西！"眼见三个笨贼被追进了死角，柏灵嘴边扯起一丝冷笑，"认命吧！"扫帚被高高地举过了头顶。

"等等……我们之间好像有误会！"一个将头发随意扎在脑后的男生喊道。

柏灵这才将注意力集中在他脸上。哇！浓密的眉毛，深邃的眼眸，高挺的鼻子及略带棱角的嘴……令人窒息的五官呢！这样一张帅哥王子脸！如果想不务正业，光靠这张脸就可以财源广进、吃喝不愁了。为什么要来做贼这种毫无前途的职业呢？柏灵简直为他感到惋惜。

"喂！我脸上有误会的原因吗？为什么盯着我看！"男生蹙起眉毛。

柏灵有些尴尬："这个……这……我不是正在等你说原因吗？盯着

你，是尊重你！"

"你好像搞错了，我们不是贼！"男生解释。

"笑话！哪有贼自己承认的，你们若不是贼，为什么要来撬我家的门……别告诉我说，你们三个梦游把这里当自己家了。"

三个男生们互望了一眼后，笑开了。

"有……有什么好笑的！"这一笑，让柏灵毛骨悚然，手上的扫帚也握得更紧了，"笑什么？"

"小妹妹，我看你才是梦游走错家门了吧！这个房是属于我们三个人的。"站在帅哥左边，一个有点小胖的男生尹成浩说道。

"想骗我。我家就住在隔壁，难道我连邻居长什么样也不清楚吗？"

"老大，多说无益，把租房合同给她看不就得了！"站在帅哥右边，在指尖自由转动开锁工具的陈焰枫也嚷道。

辫子帅哥从口袋里掏出一份A4的纸，犹如圣旨一般抖开，展现在柏灵眼前。上面赫然几个大字——"租房合同"，大概内容是说，李伯伯的儿子将这间屋子租给了这三个男生，租房合约为两年……那么这意味……意味着……

"不会是假的吧？"

"拜托，看清楚了，合同上面有李锐铭那小子的签名！"

柏灵探过头去，确实——李伯伯的儿子就叫李锐铭！那下面乙方的签名张龙，该是眼前这个男生了，他叫张龙啊！

"这种合同也可以伪造啊！要是你们去调查清楚，做个假的来欺骗我，等我转个身，这家里的东西都被搬光了，怎么办？"

"真不知道，李锐铭那小子还养了只会看门的小狗狗！"张龙有些烦躁地扒扒自己的头发，然后一手指向柏灵，"我现在可是有理说不清！我也不想说清，如果你再不离开我的地盘，我数三声，便将你扔出去！1，2……啊！啊！"还没数到三声，张龙很酷很有威胁性的造型，已被柏灵的乱棍打得花枝乱颤。

"你有本事扔来看看！"柏灵在心中默念着，"青春是美丽的，青春是无敌的。我有友情，我有亲情，我有梦想，我有希望……我更有正义感，所以决不容许你们这群坏人，在这里为非作歹。我要报警抓你们这群贼！"

张龙一边躲避柏灵雨点般的棒击，一边好不容易从口袋里掏出钱包："看……这是我们曾经和李锐铭的合影，因我们是死党，他才把房子租给我们的！"

照片！柏灵一把抢过来。照片上有四个男生，其中拿着贝斯和吉他的就是眼前这三个家伙了，还有一个键盘手，确实是李伯伯的儿子李锐铭。天啊！柏灵的手一松，扫帚掉在了地上。

"你可以出去了！"张龙几乎是咬牙切齿地对柏灵说道。

柏灵心虚得很，转身准备离开，忽然想起什么又退回来，"这个……这个……你能不能不要开那间小房？"

"为什么？这是我家，我想开哪扇门就开哪扇门，我想打穿这堵墙都可以……小枫，愣着干吗？用你敲鼓的激情，给我把那个该死的锁敲开！"

小枫得令立马准备去干活，柏灵猛地扑过去堵在了房门前："请你们不要打开它，这个房间我在使用……"

"哦！是闺房啊！"张龙似乎理解到什么似的摸摸下巴。

"是！是！理解万岁！"柏灵急忙点头赔笑。

"很好，我可从没看过闺房是什么样！小枫、阿浩快给我把那房门弄开！"

"不行！"柏灵使出牛劲一把推开正欲向前的小枫和阿浩，"你们要是敢开这个房间的门，我就跟你们拼了！"

小枫、阿浩有些无措地盯着张龙："老大……"

"丫头！好像是你在私闯民宅吧？要我报警吗？"

"我跟你们合租吧！这房子是三室一厅，我用一间房，出四分之一的钱，怎么样？"

"男女授受不亲，不好吧？"

"那我出租金的一半！"柏灵咬咬牙叫道。

三个脑袋立马凑到了一块，在商量半晌后，终于有了结论："我们怎么算也不划算啊……"

有没有搞错！她可是出的一半租金啊！他们三个人付另一半，怎么就不划算呢？

张龙作为三人的代表陈述道："我们研究了一下，虽然这房子是三室一厅，但是就数你那个房间最好了，朝向好、风景好、风水也好！一个房子的精华都在你房间，我们住的可都是糟粕，所以你付一半租金，我们也不划算呀！但是看在你这么诚心的分上，我们三个也秉着爱护妇女儿童的理念，还是决定满足你的心愿，不过，你不但要出一半的租金还要一个星期为我们彻底打扫房间一次……"

"不要得寸进尺！"柏灵捏着拳头，瞪视他们。

"那就算了，反正这间房间我很喜欢……"不等张龙把话说完，柏灵叹口气，无可奈何地说道："成交！"

"早说不就好了，欢迎加入异性同居时代！"三人默契地拍手坏笑。

"谁跟你们同居！"柏灵一副想吐的表情，"小房间可是我的，你们三个都不许碰它，记住了！"

"女房客，你什么时候可以交房租？"张龙一脸债主样。

"包租公，这个月底我会给你的！"柏灵冷哼一声，转身朝自家走去。

"也成！如果到时候你拿不出钱，就拿你闺房里的东东抵债了！"张龙的表情就像当年的黄世仁。

小枫和阿浩还不忘补上一句："对了！记得过来打扫清洁啊！"

"知道了！"柏灵狠狠白了他们一眼，却引来了三个男生的口哨声。柏灵恨恨地埋怨着，邻居李伯伯怎么能把屋子租给一群流氓呢！她看也不想再看他们一眼，猛地关上了自家的铁门。这声巨响在楼道里久

久回荡，门外静了一下，马上又是一阵"嘘"："现在的MM好辣哦！真是惹不起！"

"知道惹不起就好！"柏灵刚走进客厅，就碰到从厨房里走出的老妈，手里还拿着半根黄瓜递给她："灵儿，来吃黄瓜！"

"又是黄瓜啊！是不是超市现在黄瓜大特价啊！"柏灵哀号着。

"死丫头！现在黄瓜可贵了！但是为了让你吃了美容，老妈舍得花血本！"边说着边往柏灵嘴里塞黄瓜，"乖，乖！吃得漂亮啦，自然有公子哥追了！"

柏灵翻翻白眼，直接从嘴里拉出老妈塞进去大半的黄瓜："你还是自己留着吃吧！你变漂亮找个有钱人，比我找要实际！"没等老妈反应过来，她风似的卷进自己的房间，死死地关上大门。老妈终于清醒过来，如鬼子进村般，踏着拖鞋，迈着有节奏的步伐来到柏灵的闺房门前，一阵猛敲："死丫头！你是什么意思啊！看我老了，故意气我是不是？想想你老妈年轻时也曾国色天香的，要不是脑袋短路跟了你的穷老爸，我至于每天这样省吃俭用、起大早去超市买便宜菜吗？我还不是为你好……"柏灵老妈自己在门外说得真情流露感动了半天，却不见女儿如电视剧里演得那般泪流满面地冲出来投入她的怀抱，从而了解到妈妈的良苦用心，自然再也没心情继续酝酿感情说下去。条条大路通罗马，她总有一天会想出法子，让女儿嫁入豪门，这将是她后半生为之奋斗的目标。不过现在的任务是，在女儿嫁进豪门前，不至于让一家人饿死，她决定回厨房做饭去，走之前不忘拍拍柏灵的门大声警告道："隔壁新搬来了三个男生，我去打听过，他们一没家世，二没钱，看起来像小混混，可千万不准跟他们接触啊！听见没？"

柏灵被门外的老妈吵得头大，返身倒回床上，开始感到头脑发热。这是被那三个浑小子给闹的，特别是那该死的张龙——那个帅得一塌糊涂，却坏到肠子里的家伙！不过，"男人不坏女人不爱"，嗯？她到底在想些什么啊？柏灵烦躁地随意抓过被子盖上，迷迷糊糊睡了过去，中途似乎听见老妈叫她吃饭，但是她什么也吃不下，便装没听见似的继续睡，直到凌晨，她突然被一阵激越的鼓声吵醒，然后是电吉他悠长的鸣叫，再接下来是毫无章法的键盘声，还有人似乎对着麦克"喂喂"的试着音！

谁这么缺德，大晚上唱K啊！以为自己是K歌之王吗？柏灵猛地坐起身，床头边的窗外只有隔壁那户人家的窗户亮着灯，两家虽是同一层楼，而且住隔壁，但这个房间的结构有点问题，反正两家竟有一个窗户是面对面的，很不幸，那就是柏灵房间的窗子。"那三个刚搬来的神经病！不会是要开演唱会吧！"柏灵抓抓自己乱蓬蓬的头发，猛地抓起床头的闹钟，使劲地朝对面不断溢出音乐声的窗户扔过去，"再吵我就拨110告你们扰民呢！"

对面窗户里发出一声怪叫后，就再也没了声响，柏灵这才露出一个满意的笑容，重新回到自己温暖的被窝，继续和周公老爷聊天去啦！

第二天一早起床，柏灵还真忘了昨天晚上那档子事情了，还在诧异为什么早上起床时没有听见闹钟的叫声！却不知她的闹钟昨晚已经易主了！抓起老妈的爱心早餐刚走出家门的柏灵，竟发现额头上贴着"邦迪"的张龙一脸没睡醒的模样，靠在他家门外的墙上小歇。

"喂！你站在我家门口干吗？我说过了，月底才有钱给你！"柏灵以为他是来讨要租金的。

"什么租金啊！要钱也是要医药费啊！"张龙凶巴巴地朝柏灵狂吼。

医药费？她为什么要给他医药费？这家伙该不会是个诈骗犯吧？也许与邻居李伯伯儿子相识租下这房子的事情也是杜撰的，就算有合影，那也有可能是用电脑合成的啊！她怎么能忘记这个？真是纯真的无知少女啊！差一点就被这群家伙给骗了！

"回忆得怎么样？知道是怎么回事了吧？啊？"

好似看穿了一切，柏灵开始冷笑地上下打量起张龙来："当然知道了！我会打电话给李伯伯的儿子确认你们的身份。"

哎！不过……不过……这家伙手中的粉红色闹钟好像有些眼熟啊！可不是和她自己的闹钟长得一个样吗？意识到这点后，柏灵不由尖叫一声："我的闹钟怎么会在你那儿？"

"该死的！你不会得失忆症了吧？那我的头被你的闹钟砸了，找谁负责去啊？"张龙受不了地翻了个大白眼。

"你的头？是我的闹钟砸破的？"柏灵一脸的茫然，"什么时候？"

"案发时间昨晚凌晨两点！你用闹钟不但砸破了我家的窗户玻璃，还砸伤了我的头！"男生冷冷地将闹钟举到柏灵的眼前。

柏灵在脑海里搜索了一遍，突然灵光一闪，用平生最快的速度抢回自己的闹钟，然后凶巴巴地盯着他："哦！你不说还好，一说我还记起来了，谁叫你们三更半夜还在那搞的，你那是扰民知不知道？我没报110抓你们就不错了，你倒还找我来评理了，我告诉你，下次别说是闹钟，我连板凳都扔过去！"

"你……你……你……"张龙气得大脑宕机，连一句完整的话都说不出来。

"你什么你？被砸坏了语言神经吗？真是的——没时间听你结巴，我可要上学了！"

张龙被气得不住地揪着自己的头发，今天他没扎小辫子，头发不羁地披散在颈后，看起来更帅了。不过此时的他脸色之难看，恐怕连阎王看了也要往边儿站了。

看自己弄得他无话可说，柏灵得意地准备走人，却被张龙一把抓住："我反悔了，我不愿和你同租，快去把你房间的东西搬走！"

天啊！天啊！世界上怎么会有这么卑鄙的人，竟然用她的弱点威胁她！"你怎么可以这样，我们昨天都说好的，你不能反悔！"

"昨天说好？我怎么忘记了！也许被你的闹钟砸失忆了吧？如果你能拿出证据，我还是欢迎你继续住下去！"超级虚伪的笑容，如灿烂的花朵般在张龙的脸上绽放。

"你这个卑鄙小人——"柏灵双眼死瞪着他，好似要用灼热的目光将他烧穿。

"搬——家——"张龙一个字一个字地吐出音来。

"我偏不！"柏灵也是天生的硬碰硬型，遇强则强。两人之间的空气里顿时充满了火药味，似乎只要有一丝火星，就可能引发大爆炸。

正在两人相持不下时，柏灵的老妈听到门外的动静，拿着炒菜的锅铲冲了出来："臭小子！把你的爪子从我女儿的玉肩上拿下来！否则我就不客气了！"

真是有其母必有其女啊！男孩看着眼前这位手拿锅铲挥舞着的中年妇人，不由地摇摇头。

"听见没！放下你的爪子，要不然我拿你当土豆一样炒！"说着，柏灵的老妈便装模作样地将锅铲当大刀舞动。

"大婶，你女儿用闹钟砸了我的头耶！"

"那是你活该！你不对她有非分之想，我秀外慧中的女儿，怎么会拿钟砸你的脑袋呢！"柏灵的老妈是认定了眼前这个长得坏坏的男生对自己的女儿动了歪心思。

"拜托！我会对她有非分之想？你以为你女儿美若天仙啊！"

"那是！我女儿未来可会嫁给大富大贵之人，你没那个命自然不会欣赏！"

"就她？嫁给大富大贵之人，别吓唬我啦！除非那人是个瞎子！"

嘿！来劲了啊！柏灵见这小子把自己贬得一钱不值，气血直往上冲，猛地转过身，狠狠地盯着他："我还偏要找个大富大贵之人呢！你等着瞧！"

"柏灵！你终于想通啦！天呀！我的乖女儿！"柏灵老妈一把用锅铲铲掉男生抓住柏灵肩膀的手，使劲将女儿搂进自己的怀中。想想自己早该用这种激将法让女儿开窍了！

男生捂着手在一旁疼地哇哇大叫，惊动了房间里的其他两个男生跑了出来："老大出什么事了？"

"遇到一对疯子母女！诬陷我是色狼，还拿锅铲打我！"

"怎么？搬救兵来了就以为我们怕你？"柏灵的老妈一手叉腰，一手举着锅铲当冲锋的战旗，"孩子他爸！柏文！都跟我出来！"一声令下，拿着报纸的柏灵老爸和叼着半块面包的柏灵小弟都冲锋陷阵般涌了出来："出什么事啦？"

一见家里的两个男子汉助阵，柏灵的老妈劲头就来了，故意一把鼻涕一把泪地说道："我们娘两个被这三个臭小子欺负了！"

"大婶你有没有搞错啊！欺负？真是比窦娥还冤啊,我明明被你女儿拿闹钟砸了脑袋，还要被你骂作色狼一阵好打，我真是身心都受到了伤害啊！还敢说我们欺负你们！"

"是呀！昨天晚上扔进我们房间的闹钟不但砸坏了窗户的玻璃，还砸得咱龙哥的脑袋像喷泉那样喷血，差点就失血过多身亡了！"小枫和阿浩在一旁夸张地帮腔，"不知道有多惨烈呢！"

"是吗？柏灵,是你扔的闹钟？"柏灵老爸看向柏灵，"你昨晚是不是梦游啊？"

"是我扔的又怎么样！那还不是因为他们昨晚制造噪音，吵得我睡不着觉！"柏灵说道。

"那你也不能拿闹钟砸人家的窗户啊！这孩子……好了！好了！对不起！对不起！你脑袋没事吧？"柏灵的老爸连忙跟人家赔不是。

张龙摸着自己的脑门冷哼一声："还好,没什么事！要是扔我脸上破了相，我还怎么去酒吧演出啊？"

听张龙这么一说，柏文也凑了过去："哥哥！你该不会是玩乐队的吧？"

张龙点点头。柏文竟露出了一脸献媚的笑容："哥，能教我学贝斯吗？我觉得好酷哦！"

这家人不会有问题吧？张龙开始怀疑了。

柏灵的老妈在一旁看得火冒三丈，一手拧起一人的耳朵，将这对"认敌为友"的父子遣送回房间："你们给我进去！少在外面丢人现眼，我们母女被欺负了，你们不但不帮我们出气，还跟人家聊上了，真是没用……"走进房之前，老妈还不忘对柏灵说，"灵儿！你先去上学，以后老妈再帮你出气！现在我先进去收拾这对没用的家伙！"说完，便用脚带上了大门。倒是放柏灵站在门外独自面对三个男生。她有时真不知道老妈的脑袋到底是怎么想的！而那三位可好，早就被柏灵一家逗笑得前俯后仰。

"准备自己搬家还是我们帮你搬呢？"

"汪汪！"不知何时，柏灵家的牧羊犬仔仔跑了出来，也许是感应到小主人受到威胁，所以赶来护驾。

"狗啊！"刚才还威风十足的张龙一声尖叫，飞快地闪至小枫和阿浩身后。狗是他天生的克星！不管多么温驯的小狗，都会让他落荒而逃。

咦？怕狗啊！终于找回了阵地，柏灵春风得意地牵着仔仔走向张龙。

"你……想干吗？"张龙因为恐惧，帅脸几乎扭曲变形。他想逃跑进屋，可是他的脚发抖得连半丝力气都没有了，如果不是有小枫和阿浩支撑，恐怕他就要瘫倒在地了。不过，别说张龙害怕，就连挡在他身前的小枫和阿浩也是大气都不敢出的。这是一只牧羊犬哦！不是那种肉球小狗狗，估计站起来都有一人多高，要是扑过来还不得脆生生地咬断他们的脖子。

"不想干什么，只是想问问，你还要我搬走吗？"

"君子一言九鼎，说过让你搬就……"

"仔仔，好好陪这三位哥哥玩玩，好吗？"柏灵故意放松了些牵住仔仔的绳索。

仔仔见有人害怕，更是仗势欺人，一阵狂吠，还做出一些往前扑这样很有威胁性的动作。

"妈呀！君子一言九鼎，说过租给你就一定不会反悔！"张龙几乎是一口气说完了整句话，生怕柏灵会放狗过来咬他。

　　"很好！晚上我会带着仔仔到你家写出租房屋的合同，要是你再反悔，我就每天早上把仔仔放到你家门口，让你永远都不敢出门……哼！"柏灵指挥仔仔回家，转身准备下楼。

　　"你这个死丫头，乘人之危！"张龙不甘心地嚷道。

　　柏灵转身白他一眼："好说！这都是跟你学的，现学现卖！"便头也不回地走出了单元楼。她抬头望着天上炽热的太阳光，不由哀叹一声："倒霉的早上！必定会一天霉运！今天可要小心一些！"

　　放学的铃声准时响起，好不容易一天要平平安安地过去了，就在柏灵心中感恩众神时，蒋晓舞突然出现在面前，注定她一天的霉运刚刚开始。

　　"SUN今天就到了，下午6点，在我们学校的小礼堂举办新生接待会！这可是对各大媒体绝对封锁的消息呃！我姐姐告诉我的！一起去看吧！"

　　"我对那个SUN没兴趣。你自己去吧！"柏灵边说边往书包里塞着书本。

　　蒋晓舞才不管那些，抓起桌上柏灵清好的书包就往教室门外跑去："你抓到我就让你回家！"

　　跑了大半个学校，书包是追了回来，但是人绝对是回不去了。现在蒋晓舞就像一只八爪章鱼般，死死缠住了柏灵！

　　两人远远接近举办新生接待会的小礼堂，看到礼堂大门外包围着起码两大圈的人群，而且看那架势，人数还在不断扩大。既然这么多同学如此踊跃地"站票"，想必小礼堂内已发生激烈的拥挤状况。

　　"哇赛！你看，教室快被挤爆了。"蒋晓舞几乎被一股狂潮冲昏了脑袋。她还以为只有自己会抢先得到消息，但是她忘了，这可是一所贵族学校，这里的学生都会有自己的消息网。"真是失策啊！好在我请学生会的主席帮我们留了个好位子，走！我们得快点进去！"

　　"哇！连学生会主席，那个校园白马王子韩波都帮你占位置，美女就是有特权啊！"柏灵夸张地叫着。

蒋晓舞一副无所谓的样子："追我好长时间了，我都不搭理他，今天好不容易才给他个表现的机会，他高兴还来不及呢！"

喧哗声越来越沸腾，几乎学校所有的学生都堆在了小礼堂的门口，只为了在那小小的窗户前看一眼SUN。这使进入接待室的小径形成了严重的交通阻塞。现在里面就算有座位留给她们，但能接近小礼堂的门都是不易之事了。

柏灵目睹这等阵仗，头就晕了。此刻礼堂里不知挤进多少人，室内的空气想必是五味俱全——汗味、体味、发油味，以及女同学残存的香水味。

拜托！她肯定是不能忍受的！

"晓舞，还是自己去看吧！反正我对那个什么SUN也没什么兴趣，先回家吃饭了……"柏灵天生怕热，特别在这种人多又嘈杂的地方，她会觉得自己呼吸困难，随时可能晕过去。

蒋晓舞哪肯放她走啊，硬揪着她的胳膊不放，直冲小礼堂。

"对不起，借光！借光！"蒋晓舞一路过关斩将，最终到达接待小礼堂门口，推开门，礼堂内的景象更让人叹为观止。妈呀！连多一只脚能站下的地方都没有啦！看来不止是蒋晓舞一个开了后门、找了关系进来呃！不管了。蒋晓舞硬着头皮就挤了进去，男生们见是蒋晓舞大都让出爱心通道。柏灵再次体会到，美丽确实是通行证啊！终于顺利接近第一排，主席台上已经坐满了学校各级领导，连德高望重的蓝园校长大人也来了。看来SUN确实是大人物。

蒋晓舞一眼就发现了学生会主席韩波，他旁边确实有一处空位，便急忙过去打招呼："谢谢你给我留的位置！"蒋晓舞正欲坐下，却发现板凳的靠背上贴着柏灵的名字，"这是……"

韩波难堪地抓抓脑袋："这个位置不是我给你留的，是SUN公司的人让空出来的！"

为什么这个位置上会有她的名字？这个柏灵是她吗？她不会有这么

大牌吧？大明星的公司会给她预留座位，也许这学校还有人与她同名？也许是名字贴错了！反正这个柏灵应该不会是她吧！柏灵简直是摸不着头脑。

"我的位置呢？难道你忘记给我留了？"气急败坏的蒋晓舞完全没有时间疑惑，为什么SUN公司的人会给柏灵留下座位。

韩波指指空位另一边的那个座位，示意蒋晓舞那个位置是给她留的，可是那位置上竟然坐着柳苏苏。

"喂！你怎么可以恬不知耻地坐我的位置！"蒋晓舞凶巴巴地盯着气定神闲的柳苏苏。

"我什么时候坐你的位置了！这可是韩波让给我坐的！"柳苏苏娇媚地笑道。

蒋晓舞气冲冲地看向在一旁难堪笑着的韩波："这个位置不是你帮我留的吗？"

"我……我看你还不来，就以为你不会来了，所以……所以就……"韩波吞吞吐吐地说着。

"你以为……你以为个什么啊！我这不来了吗？现在怎么办吧！我都来了！"蒋晓舞拿出了小姐脾气。

韩波也骑虎难下，一边是美女蒋晓舞，一个是校花柳苏苏，真是左右为难啊！正在韩波为难时，柳苏苏说话了："还是你坐吧！"她很优雅地站了起来。

"知道不是你的位置啦！"蒋晓舞得意了。

"那倒不是。发布会一开始，我要上去主持了，就站在SUN的旁边，这个位置还是留给你们吧！"

"主持人？！"蒋晓舞几乎尖叫出声，"你怎么可能是SUN接待会的主持人呢！这种大型文艺演出不是一直由我主持吗？"

"因为你过气了！"柳苏苏还保持着优雅的轻笑。

"哼！什么过气了！肯定又耍什么手腕了！"蒋晓舞暴跳如雷。幸好有柏灵拖着她，要不然，她几乎要冲过去咬柳苏苏一口了。

"随你怎么说吧！反正我就要跟亲爱的SUN亲密接触了，而且他这次到学校来，选出的对唱女生也一定会是我哦！蒋晓舞你这个只会跳舞的笨丫头就靠边站吧！"

"你……柏灵，你别拉我！我今天就要好好教训一下她！"她们的吵闹声立马吸引了会场内不少人的目光。就在这时，喇叭里响起了教导主任那极不标准的普通话："同学们！安静。天王巨星SUN同学的新生接待会即将正式开始！主持人请到台上来！"

苏柳柳得意地瞟了蒋晓舞一眼，便妩媚地走上了台。蒋晓舞对着她的背影做了一个呕吐的动作，然后不服气地一屁股坐在凳子上，却发现柏灵还站在一旁："坐啊！不是上面贴了你的名字吗？"说完这句话后，蒋晓舞的眼睛才惊奇地鼓成了网球状，"柏灵，为什么SUN的公司会给你留位置啊？为什么？"她激动地几乎要跳起来，"死丫头，你是不是认识SUN公司的人？你怎么可以只顾你一个人，不给我也留个位置，嗯？"

"什么……什么……我可没有那本事，在那么大的明星经纪公司认识熟人！也许这个柏灵不是我，蓝园这么大，也许是一个同名同姓的人！"

"那就对了！我就说没有这个道理嘛！"蒋晓舞想通了，便拉柏灵坐下，"坐下！坐下！反正都快开始了，和你同名的那家伙还没来，肯定和你一样有怪癖，对SUN没兴趣。你坐吧！"

"什么叫和我一样有怪癖？"难道不喜欢那小子就是有问题吗？柏灵没好气地盯着蒋晓舞。

"好啦！好啦！你们一样有性格总该可以了吧！"

当柳苏苏宣布SUN登场时，全场都沸腾了，蒋晓舞也暂时放下个人恩怨，跟着尖叫起来。

掌声随着强烈的音乐节奏不停地加剧着。大家都在呼唤"SUN"的名字！可是五分钟过去了，SUN还没现身，大家的劲头似乎更足了，拼命地叫着，一个女同学甚至夸张地哭了起来！

"天呀！他以为是来开演唱会的吗？来上学还这么拽！"柏灵撇撇嘴，自言自语道。突然，身边的蒋晓舞一把抓住她的胳膊狂叫："老天！SUN终于出现了，你看贵宾室的大门那儿，有人影晃动，一定是SUN！他来了！"

"拜托！小姐，先把你的指甲挪开！疼死我啦！"蒋晓舞激动地几乎要将自己为了跳"孔雀舞"专门蓄的长指甲插进柏灵的手臂，柏灵心中大呼，来到这儿，简直是上当受骗！

贵宾室的大门终于打开，整个礼堂都沸腾了。可是令大家失望的是，走出来的并不是SUN，而是一个身材高挑火辣、极有气质的美女。

蒋晓舞泄气地叫道："为什么不是SUN？"

"也许他学河莉秀变性了！哈哈！"柏灵笑着指着那位高挑的美女。

"瞎说！那位美女姐姐我认识，是我表姐死党的同事，人家现在可是聚光唱片公司旗下明星经纪公司的金牌经纪人呃，听说经她包装的明星，没有不红的！"蒋晓舞就像提及自己的姐姐一样自豪。

台上的美女经纪人终于说话了，声音也宛如黄莺般好听，柏灵觉得她不去当明星简直是糟蹋了。

"蓝园高中的各位同学，大家好！我是SUN的经纪人杨樱。欢迎大家来参加SUN的新生接待会！想必大家很开心能和SUN这样的天王巨星成为同学，但我还是有必要提醒大家，SUN决定在贵校的高三年级读书，是想安静地完成一年的学业，等待明年报考中国传媒大学。虽然他平时还有一些唱片和拍摄工作要完成，依然还是那个炙手可热的超级明星，但希望在校的同学们不要扰乱他平时的学习生活，比如找他签名，找他合影等……SUN都会拒绝的！最重要的一点是，你们不要以为成了SUN的同学就可以在一些八卦报刊上乱发言，一旦被我们发现，肯定会追究法律责任。而且SUN也会随时选择退学离开这所学校，选择更好的学校就读！如果大家希望能和SUN快乐地相处一年时间的话，就请遵守我们的规定！"杨樱说完，冷冷地望了台下的学生一眼。大家交头接耳地说着，没有一个人对她的发言作出反应。

倒是校长大人在补充了一口茶水后，慢条斯理地说道："我们虽然是所贵族学校，但也是全国的重点高中，这里的学生虽然非富即贵，但我们的要求是严格的。比如，期末考试有三门以上不及格的，或是操行评定分数太低，再或者违反校规，做出影响我们校园学习环境的事情，我们都会劝退处理。所以，我也希望SUN同学，进入学校就要遵守我们蓝园的校规。就算是大明星，我们也不会徇私的！"

杨樱本来想给蓝园一个下马威，倒是被校长大人说得哑口无言。

是呀！明星有什么了不起的！来到学校照样是学生！校长大人啊，校长大人！你简直太帅了！这就是柏灵选择读这所学校的原因了。虽然是贵族学校，但依然保持着重点学校的校风，这都是德高望重的老校长的功劳。

虽有些难堪，但杨樱马上恢复了迷人的笑容："校长您放心，SUN一定会是个好学生！只要您的学生能遵守规矩，不打扰他就行！"

"到底是女强人，就是有魄力，反应也快！"柏灵欣赏地说道。相比于SUN，她更感兴趣的是杨樱。

杨樱看了看手表，使了个眼色示意柳苏苏开始，柳苏苏激情澎湃地宣布："既然如此，我就不多话了。请大家一起以最热烈的掌声，欢迎亚洲电影票房常胜军、风靡全亚洲的当红辣子鸡、声势直逼Ring和张东健的超级大帅哥、身价一千八百万的超级天王巨星SUN！"因为过度兴奋，柳苏苏的嗓音越到末了越加高亢，甚至还出现了嘶吼的状态。

哪来这么多头衔啊？柏灵眼皮呈半睁半合状态，她都快要睡着了，那个SUN还在耍什么大牌硬是不出来啊！早点弄完，她还要赶着回家吃饭呢！

就在这个时候，柳苏苏开始抛出悬念："SUN还希望在学习期间，同学们都能叫他的中文名字！他的中文名字叫什么呢？想必对于大家一直都是个秘密哦！想知道SUN中文名字的同学，请尖叫着告诉我！"

回应的是渴望的尖叫。不过她再这么废话下去，估计接下来的就是

鸡蛋和烂番茄了。

"让我来告诉你们吧！SUN的中文名字叫周旭！让我们一起来尖叫他的名字，请他出来吧！"

"周旭！耶——"热情的呐喊声震动了整座平静的校园，连树梢间停歇的麻雀也差点跌下枝头。

"周旭！周旭！周旭！周旭！"规律的欢呼一声声催促着主角尽快现身。

"哇！"女同学的尖叫频率几乎震破窗玻璃。

周旭？仿若一盆北极寒泉当头淋下，霎时间柏灵冻得全身发抖，四肢无力，神智也清醒了不少。周旭？同名同姓的人应该很多呢！不应该是那个周旭吧？她柏灵不会这么倒霉的，不是吗？那个流着鼻涕的小小孩，不会成为今天的天王巨星吧？应该没有SUN那么帅啊！不过那是幼儿园时的事情了，她也不敢肯定，他会不会发展成为一个大帅哥啊！难道真应验了他的诺言，要回来报复她了！不要啊！

镇定！千万要镇定，不要乱了阵脚。那不过是孩提时代的一个小玩笑而已，大家谁都不会当真。柏灵开始在心中膜拜众神，祈求一定不要是他。

缓缓地，贵宾门被往内侧拉开，一群保安站在了两侧，一道高硕优雅的身影踩着轻跃的步伐踏上主席台。

一时之间，偌大的礼堂安静下来，数百位学生齐齐屏住气息，眼也不眨地直盯盯地欣赏着国际巨星的风采。

SUN挺直身躯，浅蓝色的眼睛永远绽放着明亮的笑意，配合左颊深陷的单边酒窝，那极富亲和力的可爱笑容仿佛比太阳还要耀眼。而从他身上散发出来的高贵气质又不至于让人感觉他稚气或不够稳重。

曾有杂志报导形容过，SUN对全亚洲9——99岁女性有绝对大的杀伤力。这个评论曾经让柏灵耻笑了三天三夜。

而，此时此刻，她发觉自己完全笑不出来。

她想，这应该不是真的！柏灵绝望地瘫在椅子里喘息。上天绝不会如此惩罚她的。她到底做错了什么？一定是上回没帮弟弟柏文写家庭作业，因此老天蓄意惩处她缺乏手足之情。对！一定是。

老天，求求你将时光倒转，再给一次改过自新的机会吧！她一定再不会对他做出那样的事情。

"Hi，各位同学，大家好！"天生适合蛊惑影迷的嗓子传进众学生的耳膜，有如音乐般令人神往。

"哗！"尖叫声再度掩盖过世界上其他声音。

再确定一次，真是他！

柏灵的下巴无助地掉下来。她从没有如此近距离、认真地看过这个艺名叫SUN的明星，所以她一直都没注意到，SUN眼睛的颜色和她从小在幼儿园里欺负的那个爱流鼻涕的小毛头是一个样的，"鼻涕泉"这个绰号还是柏灵赐给他的呢！她的娇躯激起密密的鸡皮疙瘩，完全无法控制自己的全身机能。怎么办？那家伙发现她了吗？她开始四处寻找逃生的出路。

或许……或许他还没有看见她。没错，现在人数太多，他怎么可能注意到自己？即使她坐在正中央，即使她身处第一排，即使他的眼光低垂十度角就能和她面面相觑，但这么长时间没见了，他不可能会认出她来。这家伙从小就少根筋的！赶快溜！她命令自己。不管他能不能发现她，还是先溜为妙……

"和大家初次见面，没带来什么见面礼，只有送给你们一首我从未发布过的新歌呢！《逃不掉》，谢谢！"

灯光、灯光、灯光……一盏盏舞台灯亮起，轻快的乐曲前奏骤响，一束聚光照亮SUN的灿烂笑容。

你调皮的笑容　倔强的脸
在很小的时候就刻入我心田
就算你从来不知　你对我的重要
像个淘气的精灵　打打闹闹

被你起的外号　当作爱的称号

被你痛扁　当作爱的记号

就算你将我抛到天涯海角

我还是会磨破铁鞋

向你的方向奔跑

外面的世界很精彩　你像风儿总在逃

可现在要对你宣告

你别想逃　你逃不掉

你身边有我砌好的城堡

你别想逃　你逃不掉

我会将你困在我身边

慢慢知道我的好

只要你快乐，我什么都愿意为你做到

爱上你是我一辈子的责任

我逃不掉

　　动感的音乐煽动着所有人的热情，大家举起手跟着摇摆，尖叫声此起彼伏。柏灵将头几乎埋进衣服的领口里，和一群欢呼的人形成强烈的对比。

　　"你怎么了，灵儿？"蒋晓舞发现了柏灵的怪异。

　　"你继续看吧！我要回家了！"趁这家伙唱歌的时候赶快溜吧！柏灵站起身来，寻找身后人海逃亡的缝隙。

　　"蓝园的同学们都好热情，我希望有位可爱的女生能为我伴舞，可以吗？"在音乐间奏，SUN大声叫道，立刻点燃了全场的激情，女孩们兴奋地叫着，希望引起SUN的注意。

　　"哦！就是这位同学，你都迫不及待地站起来了，那就请你上来吧！"太迟了，笑眯眯的SUN突然冲着柏灵的背影大声招呼。

　　"肯定误会了，我站起来是因为想回家！"柏灵不敢转过身去，极不自然地支吾着。

因为舞台离她实在太近了，柏灵感觉一只大手拉过了她的手臂，然后是全场女生嫉妒地惊叫。

"陪我跳支舞好吗？"

"不好！我要回家……"

"啊！不会吧！"万千少女都梦想与SUN共舞，这个傻瓜女生竟然不愿意，她脑袋是不是糊掉了。出人意料的发展攫住每个人的神经末梢。

人家女生都不愿意了，可是我们的超级巨星SUN就是不撒手。两人僵持着，SUN使劲将柏灵往台上拖，柏灵则如见到鬼般要逃走。可她哪是人高马大的SUN的对手，眼看就要被拖上主席台了，柏灵立马改变了作战方式，她决定转过身用一只脚抵住主席台的边缘，身体往后靠，这样她便不至于被SUN拉上台去。

"嘘，大家不要吵！"拥挤的教室再度恢复寂静，每个人静心等待接下来的后续发展。

"放手，我又不认识你！"柏灵杏眼一瞪，小虎牙趁狮吼时出来助阵亮相。不认识他！虽然有些心虚！

SUN不听她多说，一边拖着她不撒手，一边如表白般对着柏灵几乎苍白的小脸唱着。

可现在要对你宣告
你别想逃 你逃不掉
你身边有我砌好的城堡
你别想逃 你逃不掉
我会将你困在我身边
慢慢知道我的好

"哇！"女同学们又妒又羡。

　　"放手！"柏灵开始最后的挣扎，她用踩住主席台的脚，猛地往后一蹬，她想用力脱离他的牵制。可她没想到的是，SUN那家伙脚步那么不稳健，柏灵因为用力过度往后倒下，而台上的SUN也被柏灵拽了下来，呈青蛙状摔趴在柏灵身上。瞬间，柏灵觉得五脏六腑都被挤压到嗓子眼，血压升高，两眼星光灿烂。

　　"是'鼻涕泉'……"虚弱地重复一次。

　　"我回来了，灵儿！"在柏灵耳边，SUN温柔地轻声说道。

　　她在梦中！一定是的。她并没有被"鼻涕泉"认出来，也没有被他压在身下，她甚至没来参加这次的新生接待会，一切都是梦境。

　　只要她闭眼睡去，明早再度醒来，一切已经恢复原状。没错！

　　"出事了！快叫救护车，柏灵被压死了！"这是柏灵头脑有意识的前一秒，听到蒋晓舞尖叫的最后一句话。

　　蓝园高中有名的高才生柏灵当场昏倒在亚洲巨星SUN的身下。

第二章

噩梦成真 "鼻涕泉" 归来!

辛德瑞拉的必杀技 I

"女儿快来看啊！看我钓鱼钓到这么大一个花瓶呃！"柏灵的老妈一脸的惊喜，"老公、儿子，快帮我把它拉上来！"柏灵的老爸和弟弟得令后连忙去帮忙，瓶子终于被拖上了岸。

"好奇怪的一个花瓶呃！怎么会有这么大的瓶子漂在河面上了，好像是景泰蓝的呃！很值钱吧？"

"应该是古董呃！"柏灵老爸仔细地凑上去看。

"那我们发财了！我们发财了！"老妈疯狂地抱着花瓶一阵猛亲。突然，花瓶口冒出一阵青烟，一个穿着阿拉伯服装的蓝眼巨人出现在他们一家四口面前。

"快看魔术！大变活人！"柏文和柏灵拍手开心地叫道。

蓝眼巨人狠狠白了他们一眼："你们完全就不识货，我可是魔法世界的超级魔神！在很久很久以前我被所罗门王封印在了这瓶子里，是你们将我解救出来，所以我可以实现你们三个愿望！可是……"

还不等蓝眼巨人把话说完，柏灵的老妈早就兴奋地开始大叫了："要什么都可以吗？"

"那是当然了！"蓝眼巨人不以为然地说道。

"发啦！发啦！"除了柏灵以外，家里其他三位成员眼中布满从天而降的金币。

不会有这么好的事情吧？天下没有白吃的午餐，想要得到什么，肯定会有相应的付出。蓝眼巨人不是有话还没说完吗？柏灵想要阻止老妈，可是已经晚了："我要一间豪宅，起码得要三层楼、四百坪的花园，还要有私人的游泳池……"

话还未说完，柏灵老妈眼前已经出现了一幢金碧辉煌的大庄园，庄园里种满了玫瑰花，在玫瑰花包围中的是童话中才能看见的高大城堡，庄园内的陈设也是一应俱全的，有豪华的游泳池，有比足球场还大的跑马场……

"这就是我的豪宅？"柏灵的老妈实在不敢相信。

"还嫌不够好吗？"

"够了，够了……我的天啊！我就是这个城堡的皇后了！"柏灵的老妈激动地翩翩起舞起来。

"我也要！我也要！"柏灵的老爸也迫不及待地嚷道，"我想要用不完的钱，一辈子都用不完……"

"嗯！这是你们的第二个愿望，太简单了！"蓝眼巨人轻轻挥动手指，城堡的门口长出一棵苍天大树。

"我不是要树，我是要钱……要钞票……要money……懂吗？"柏灵的老爸急了，生怕蓝眼巨人无法理解他的意思。

"你去摇摇那棵树就知道了……"蓝眼巨人说道。

柏灵的老爸开始使劲晃动大树的树干，就在这个时候，树上飘落下数不清的百元钞票。原来这是一棵摇钱树啊！柏灵的老爸对天狂笑，开始没命地摇着树干："老婆，我不用辛苦上班赚钱了，我们什么都有了……"

"伟大万能的魔神啊！能把我变得和谢霆锋一样帅吗？"小弟柏文屁颠屁颠地说道。

"这个是小case，但是，这可是你们的最后一个愿望了呃！"蓝眼巨人严肃地提醒道。

"知道了！知道了！快变快变吧！"

蓝眼巨人挥手，又是一阵青烟，柏灵的小弟柏文不见了，出现在他们眼中的是一位俊美的如混血儿般的男孩，修长的身材，配上那几乎找不出缺点的完美五官，简直称得上是"人间极品"啊！

"这……"一家三口异口同声地问，"请问你是？"

"我是柏文啊！"俊美的少年开口了，"哈哈哈哈……现在我变成宇宙超级无敌霹雳帅哥了，还不迷倒万千少女！"

"哈哈哈哈哈哈……"实现愿望的三人都沉浸在幸福之中。

就在这时，蓝眼巨人开口说话了，"我实现了你们三个愿望，你们该让我带走一个灵魂了吧！"

灵魂？！大家都惊呆了。

看吧！被柏灵猜对了，哪有这样不劳而获的好事！

"是呀！让我完成你们三个愿望的代价，就是要让我带走一个人的灵魂，只有得到100个人的灵魂，我才能得到真正的自由，现在我已经收集到99个了，就差最后一个了！你们之中谁将灵魂献给我……"

"不要！不要！我们刚刚得到了自己想要的东西，还没来得及去享受，不愿意就这么去死！不要啊！"

"你们都不愿意将灵魂献给我，那么你们所得到的一切都会消失……统统消失！"蓝眼巨人发火了。他打了个响指，妈妈美丽的玫瑰庄园在慢慢消失，爸爸摇钱树的叶子变黄了，一片片往下落，柏文的五官也开始蠢蠢欲动地发生变化。

"不要啊！伟大的魔神！我们家还有个女儿，把她的灵魂献给你吧！"爸爸、妈妈和柏文都齐声呼喊着。

"什么？为什么是我？我还什么都没要呢！为什么是我？"柏灵惊叫道。

"哼！你忘记降生到我们家来的使命了？就是要让我们一家过上富足的生活，现在就到了你为一家人付出的时候了！"一家三口苦口婆心地拍拍她的肩膀，连一滴虚假的泪水都没有，哀求地奔向蓝眼巨人，"您赶快拿走她的灵魂，恢复我们的愿望吧！"

天啊！亲情？它包括危难之际的出卖吗？

"你的家人把你献出来，你就乖乖地把灵魂交给我吧！"蓝眼巨人狂笑着将巨手伸向了呆愣的柏灵。

"哇！救命！"

柏灵猛然从床上坐起，惊魂未定的冷汗悄悄滑下太阳穴。

噩梦，一定又是噩梦了。

她低头审视自己的装束。柔软舒适的棉布睡衣黏在她湿答答的肌肤上，穿着睡衣？就表示她尚未起床，因此刚才鲜明的点点滴滴无疑是梦

境。

她几近虚脱地松懈下来。

"唔！"仔仔湿热热的舌头帮她洗脸。

"嗯，仔仔又是你啊……"她连忙搂住大狗狗的脖子，疲惫的俏脸埋进它的软毛里，"仔仔，多亏你把我吵醒啦！要不然，那个蓝眼睛怪物一定会对我下毒手的！

仔仔顿时受宠若惊。它私闯主人的香闺非但没有受到谴责，反而获得热烈的欢迎，一时之间无法相信自己的好运道。

柏灵的俏脸仍然埋在爱犬的背部："你知道吗？人还是不能做亏心事的，看我就因为那件事情后，一直噩梦缠身了这么多年！是的！我当时是不应该听我妈的话，对他做出那样的事情，但是我也是年幼无知，我怎么知道会打击到一个少年天真无邪的心灵。"

"嗨，你醒了？灵儿！"噩梦中的声音活生生出现在耳际。

"哇！"她飞快钻回被窝里。

如果只是噩梦，为何她在现实生活中会听见他的声音？

"我还没醒过来，我一定还没醒过来。"柏灵拼命地喃喃自语。

"咚咚！"某人拍了拍她的被窝。

"有人在这家吗？"带笑的嗓音是那样的熟悉，就如曾经的他一样，在幼儿园里他也是这么叫她起床的。

柏灵发誓现在自己非常清醒："妈呀！蓝眼睛的家伙！"

"什么蓝眼睛的家伙，灵儿，难道你连我都不认识了吗？我是周旭啊！"SUN难过地说道。

是周旭她才惊叫的嘛！如果不是的，她还恐惧个什么劲啊！

"柏文！柏文！"她扯直了喉咙求救。

"我在这里呀！姐姐！是这个帅哥哥送你回家的，什么时候谈恋爱了啊！我曾想，你这样的凶八婆应该是没人要才对的！"不痛不痒的稚音就杵在她床畔，"好了！你别害羞啦。老爸和老妈已经接受他了，你不要觉得丢脸，这是很光荣的事情！你完成了我们家族交给你的使命，你真找到了一个超级大富大贵的男友！天王巨星耶！老妈高兴得差点没打电话通知三姑四婆的亲戚们！现在你是功臣，老妈为你准备了丰盛的饭菜，出去吃饭吧！"

"谁说他是我男朋友啊！老妈没有瞎打电话吧！"柏灵深知她家的这帮亲戚，今天跟他们打电话，估计明天他们就冲过来送礼金准备喝喜酒啦！

"没有打！老妈顾及到他是天王巨星！传出了有女友的绯闻，影迷歌迷们都会倒戈，以后就赚不了大钱了！"

"亏她想得出来啊！不过没乱打电话造谣就好！没打电话就好！"柏灵这才放心地抚抚自己受惊的心脏。

可SUN却深情地抓住了柏灵的手："灵儿，你知道我这次回来就是为了寻找你的！我现在如你所愿，成了大明星了，钱也已经有很多啦！现在只要能和你在一起，我可以轻易地放弃现在拥有的这一切！包括名气！"

"有……有鬼……快去叫爸爸来！"柏灵抽回自己的手，躲进棉被里吓得泪眼汪汪。

"嘿，灵儿，你在叫我吗？"和蔼可亲的老爸探进一颗脑袋，"赶快起床，妈妈今晚做了好多好吃的呢！"

"每次叫她起床，她都这样吗？好像个小孩子呢！"SUN扮出鬼脸。

"谁说的！我女儿很贤良淑德的，平日早起烧菜做饭都是她的活儿，这孩子做什么事都任劳任怨，你找了她一定不会错的！"柏灵老爸开始做虚假广告推销，硬是把柏灵塑造成了现代版的田螺姑娘。

"哦！"SUN天真地点点头，然后温柔地看着柏灵，"像你这样的好女孩，现在太少了！"

"Oh! My god!"他是真的，并非出于她的幻想！柏灵几乎被以上认知惊出两缸冷汗。

"快点，快点起床！你不是每天都要帮妈妈干活的吗？"听到里面

动静的柏灵老妈旋风似的卷进来。她也急于筑建女儿在SUN心目中的美好形象。

好！算你们强！一个个都倒戈呢！柏灵猛地掀开被单，起来又如何，他们还能拿她怎么样不成！哎哟！她就说自己倒霉了吧！就是那该死的蒋晓舞非要拉她去参加什么新生接待会，弄得她现在引狼入室。天杀啊！她刚站起身就觉得头昏昏的。

"来，我扶你下床！"SUN好心巴结她。

她猛地跳起来，一个箭步冲向门口的老爸："别让这个人接近我三公尺远，求求你们，他是回来报仇的！你们相信我！"

"你简直是太纵容SUN了！"坐在办公室巨大的胡桃心木桌后面，一脸愠怒的中年女性是当今十大唱片公司聚光的董事长温蓉，"说去上学就去上学，说到哪儿去住就到哪里去住！"

杨樱舒服惬意地坐在一组深酒红色的真皮沙发上喝着咖啡，"老板，我不能拒绝手下的艺人回家！"

"回家？他不是个孤儿吗？"这句话温蓉几乎是喊出来的。

"他说那一家人，曾经从小照顾过他，那是他的第二个家！"杨樱不紧不慢地说道。

温蓉不悦："家？没有血缘关系怎么能算是家人？而且那家还有一个和他年龄相当的女儿，难道媒体会承认他们是兄妹吗？你知道公司捧红一个新人不容易，他现在正是大红大紫的时候，怎么能随便和女孩同居呢？被八卦狗仔队传出去，人气会急速下跌的。"说到这里，她不忘提醒杨樱，"SUN可是你一手栽培的，你肯定不希望他是一颗闪烁即逝的流星吧？"

杨樱接得飞快："老板，SUN的合约期要到了，现在有几家大的唱片公司和经纪公司都在挖墙脚。您说，如果我们现在不满足他的要求会怎样？"

温蓉有些认命，不由念叨着："为什么是这个时候到期？"随后她又转向杨樱，"你和SUN谈过续约没？"

"嗯！"

"这次一定要多签几年。SUN可是个源源不断的金矿啊！还有他寄住在那个学生家的事情，你给我盯紧了！别让他给我捅出什么事情来！"

"放心！一切都安排好了，况且，SUN是个优质的偶像，他会有分寸的！"杨樱自信满满地起身，走出董事长办公室。

SUN那小子简直就是个制造麻烦的机器！是为制造麻烦而生的吗？

柏灵家狭窄的小客厅里围坐着五个人，有男有女，有老有少，也有不老不少的，还有一只狗。除柏灵外，所有人都面带献媚的笑容。

家庭会议从开始到现在一直持续了二十五分钟之久，放在餐桌上的丰盛饭菜早已透心凉了，就是没有谁敢第一个拿起筷子。

终于，柏灵如吃了炸弹般大声打破沉默："我不同意'鼻涕泉'住在我家里！"

SUN又好气又好笑。

"嘿，好不容易才从经纪公司那里争取到这个权利，我们起码要共同生活一年。你不觉得应该建立和平相处的共识吗？"他企图以最无辜的眼神博取同情票。十几年不见，这丫头居然视他如蛇蝎，实在太伤他的心了。

"切！像你这样说，你到我家白吃白住，我家还应该放鞭炮欢迎啦！你以为你是英国王子啊！"柏灵甚至拒绝正眼瞄他一下。

"谁说我白吃白住啦！我的经纪公司会付给你们每月五千的食宿费啊！"

"每月五千元？"天啊！对她家可是个天文数字！简直比他老爸半年的工资都要高！这么多钱每月该怎么花呢？前段时间看中的"淑女屋"套装应该可以买了吧！不行！不行！她得保持清醒，拒绝利益诱惑。"每月一百万都免谈……"

还没等柏灵把话说完，就被一拥而上扑过来的家人堵住了嘴："谁说免谈的！你不给钱，我们也欢迎你来住啊！住一辈子都行啊！"

柏灵必须给自己争取权利。"爸，何谓'与我们共同生活一年'？他在开玩笑，对吧？"她问得心惊胆跳。谁知爸爸大义凛然地说道："不对！SUN和他爸爸搬离咱们社区起码十几年了，难得现在回来了，与咱们再次重逢，我们当然应该尽地主之谊呀！好歹你们也算青梅竹马嘛……"

"你疯了，谁跟他青梅竹马啊？"柏灵打死不认账。

"就算你们分离了十几年，那段惊天地、泣鬼神的感情你遗忘得差不多了，可是……"老爸开始用迂回战术，"可是，你们也曾是很好的朋友啊！难道朋友现在无地方可住，你就眼睁睁不管，看着他露宿街头，我家的柏灵不是很讲朋友义气的吗？"

"是呀！我好可怜啊！"SUN撇着嘴巴。千万不能笑出来，否则一切前功尽弃。

"你！"她好不容易压抑住自己的怒火，从口中吐出一个字，立刻把牙关咬紧。无论如何不能和这痞子说话，不能上他的当，受他的骗。那家伙是存心回来报复她的，报复她曾对他做过的一切。"妈，爸，你们搞清楚状况没有？他现在不是那个只会流鼻涕的小孩了，已经是炙手可热的大明星！"说到这儿，柏灵发现爸妈已经开始搓着手，一副觉得赚大了的表情。"天啊！我不管，反正我誓死反对他搬进来。这家伙年收入起码上百万美金，即使连住一年的香格里拉总统套房也没问题，何必屈就于咱们家。再说了，我们家这么小，多走两步都要撞墙，哪有地方腾出来给他住！"

这话刚一说完，老爸老妈都奸笑地看着她："灵儿，你的房间好像是我们家中最大的一间吧？"

干吗！他们不会想着让他住进她的房间吧？"你们不要想些歪点子啊！否则我离家出走，宁愿玉碎，不为瓦全！"柏灵表现得就像个烈女。

SUN连忙说了句："伯母、伯父！我就跟柏文住一间房吧！"

"这个不会委屈到你吗？你这样的身价和我家的小脏猪柏文挤一间房！"

"我小时候不是常到您家赖着不走，睡客厅都是愿意的吗？我们就跟一家人一样，哪还讲这些！"

"对！对！对！我们就跟一家人一样！"老爸、老妈连忙应和着，"吃完饭我们就帮你去收拾房间！"柏灵老妈更是夸张地拧起柏文的耳朵，"臭小子听着，以后脏裤子、袜子不准在房里乱扔，要不然看我怎么收拾你！"

柏灵一听，赶忙开始离间战术："柏文，像你这样的千年小脏猪，要是未来不能随意乱扔东西会很烦的哦！"

"算了！我就忍忍吧！能和亚洲大明星住一间房，我多有面子啊！大哥！你认识亚洲小天后'宝儿'吗？什么时候介绍给我认识好不好？"

"好啊！我和她在演唱会上还合作过！"SUN拍拍柏文的头。

"哇！大哥你太好了，要是我姐姐不要你，我变性嫁给你好不好？"柏文亲热地抱住SUN。

全家人都疯掉了！"不要！我不要！我不要他住进我家！"柏灵疯了似的抗议。

一年时间耶！开玩笑，她才不要连续倒霉一年。而且同学已经发现她和亚洲天王巨星SUN是旧识，如果再让他住进家里，接下来她还有宁日吗？

"听见没？我不要他住进我家！"天！有人听她说话吗？怎么都开始埋头吃饭了，当坐在他们面前说话的是鬼吗？饭有这么好吃吗？

吃！吃！吃！吃死你们！柏灵猛地站起身，饭桌都为之颤抖："他不走，我走！"

"等等，老姐！"家庭的主要仲裁人发言了，"不如我们打赌吧！"

　　"赌？"四双眼睛对准柏文，"姐姐学校的校规严格是天下皆知的，如果SUN哥哥因为任何原因被赶出姐姐的学校或者收到学校的劝退通知书，他就必须走人。反之，姐姐就对他搬进来住毫无怨言。"柏文一脸天下无难事的淡定神态，仿佛万事皆难不倒他。

　　"才不呢！这是我家。我当然有权决定是否要让外人住进来，干吗和他赌？"她的脚丫子顿了顿地板，强调自己的主权性。自何时起，主人连选择客人的权利也丧失了？

　　"随便你。不赌者，视同放弃。"柏文丝毫不为所动。

　　柏灵气得牙痒痒。这个忘恩负义的小鬼！下次别想让我在你不及格的卷子上签字。

　　好吧！赌就赌，谁怕谁？反正马上要全市统考了。虽然她并不了解"鼻涕泉"的成绩如何，但他这种大明星怎么会把心思放在学习上。再说，他的到来必定会给学校带来不小的麻烦——成群结队记者的光临，全校女生的蠢蠢欲动！而且SUN在娱乐圈可是花名在外的，不管是姐姐型的还是妹妹型的女明星，统统闹过绯闻，在学校里面对这么多豪门千金，他又怎会甘于寂寞。如果她再耍点小手段火上添油一把，SUN不被校长大人赶出校门才怪！哈哈哈哈！柏灵差点就要奸笑出声了。

　　"'鼻涕泉'，你敢不敢……呃，小弟，你问问看'鼻涕泉'有没有胆子赌？"她拒绝直接与他交谈，以免引来无可避免的祸事。

　　"没问题！"SUN永远挂着灿烂的笑容。

　　"好，双方都答应了，就立字据为证吧！"柏文自己则拿出两张白纸，合同大概的意思是说，谁输了就必须按照规定行事。他将合同推到SUN和柏灵的面前，"签字吧！"

　　SUN二话没说就签字了，柏灵也迅速签完了自己的名字，放出狠话："你放心，我不会让你在这儿很长时间的！"

　　一家人开始欢呼："耶！SUN终于可以留下了！"大家互相拥抱，握手！就像农奴终于得到解放一般。老天！这三个活宝到底有没有搞懂，谁才是他们的血亲家人？柏灵独自气得牙痒痒的。

这个可恨的"鼻涕泉"！

到底柏灵和SUN之间有怎样的一段渊源，导致柏灵永远无法摆脱童年的梦魇呢？那还要从很久很久以前开始说起。昔日的SUN叫周旭，"鼻涕泉"的名字是因为他幼时特喜欢流鼻涕，柏灵强行给他取的。周旭的妈妈是个美国人，爸爸是中国人，因此SUN体内具有二分之一的外国血统，除了眼睛是蓝色，还有高大的身材外，SUN和中国人还是没有太大区别的。就因为眼珠是蓝色的，所以儿时在小区和幼儿园里都没有小朋友愿意和他一起玩，大家都说他是个怪物。但这个怪物却偏偏喜欢缠着她，就因为她曾经打抱不平，狠狠揍了抢SUN饼干吃的幼儿园的小霸王小强一顿。自此，SUN就把她当成了老大，像个尾巴一样黏着他。而SUN的家和柏灵家又同在一个小区，这样就更方便了SUN每天在柏灵家赖着不走蹭吃蹭喝，每到晚上都是他老爸连拖带拉地把他拎回去。刚开始柏灵老妈对SUN可好了，天天给他做好吃的，还送他漂亮的衣服，完全把自己的亲生女儿扔到了一边。柏灵甚至觉得自己不是老妈亲生的。可为什么柏灵的老妈要对SUN这么好呢？因为她不知道从哪儿打听到，SUN的妈妈是美国大企业财团董事长的女儿。那就是说，SUN未来有可能继承外公的事业，成为美国知名财团的少东家，变身超级金龟婿！多好的机会啊！周旭这么喜欢跟着柏灵，柏灵老妈当然要抓紧机会定下娃娃亲，说不定跟他家攀上亲家，未来他们全家还有出国的机会呢！不过事与愿违，经过一段时间的相处和四处打听后，柏灵的老妈这才知道，SUN的爸爸只不过是在美国留学时和SUN的妈妈相爱，私下生了SUN。当SUN的外公知道这件事情后，不但不认这个孙子，还想尽一切办法拆散了SUN的爸爸妈妈。换句话来说，SUN根本就是不被承认的，更谈不上有可能继承他外公的家产。瞬间，SUN在柏灵老妈的眼中由王子变成了青蛙，她再也不许柏灵和SUN这样的凡夫俗子一起玩了！可是SUN那小子就是不上道，还是一天到晚跟着柏灵。

柏灵老妈就教柏灵怎么摆脱SUN，那就是每天欺负他，欺负到他再也不敢来找她。

因为妈妈的偏爱，早已看SUN极不顺眼的柏灵，在得令后利马全身心投入了欺负SUN的长期工作中。五岁的她就展现了超邪恶的本质。比如，在牛奶里泡进半包盐骗SUN喝下，还恐吓他如果没有全喝完，雷公会闪电劈死浪费食物的小孩；或者撕掉老师的课本折飞机玩，被老师发现后硬说是SUN撕的。那时SUN听话得不得了，柏灵这么一说他也认了，结果被老师罚站了一天。这还不算什么。偶尔她大小姐心情烦、没空整他时，居然还会指定几名小鬼们代为完成"每日一捉弄"的神圣恶行，整得SUN乱叫。印象最深的一次是，她把SUN骗到社区内一个无人居住的小屋内，并且将他反锁在里面一天一夜。直到他的哭声惊动了邻居，可怜的SUN被发现解救出来时已经有些神志不清，足足在医院躺了三天才恢复过来。等他再来幼儿园上学时，很坚定地走到柏灵的面前："你为什么总要欺负我，你为什么每次都不愿意和我一起做游戏玩过家家？"

而年幼的柏灵将妈妈的话照搬来编给SUN听："我就不和你玩，我妈妈说要我和有钱人家的孩子玩。你家有钱吗？我妈说我未来不是和有钱的男生在一起就是和大明星在一起玩！你是大明星吗？"

年幼的SUN倔倔地说道："告诉你！柏灵！我长大一定会成为大明星，会成为有钱人的！到时候我会回来找你报仇的！"说完便头也不回地走了。从那天开始，SUN再也不缠着柏灵了，就算柏灵故意激他，满教室地喊着他"鼻涕泉"的外号，他也再不理会她了。一个月以后他便搬家离开了小区，离开了柏灵的生活。就在那一瞬间，柏灵一颗小小的心似乎空了许多！

直到现在，柏灵都永远无法忘记那个时候她是如何整蛊可怜巴巴的SUN，那个没有妈妈在身边关爱的孩子。随着年龄的增长，她的愧疚感就越深，所以经常梦见他来找自己报仇。

现在他已回来！他实现了诺言成为大明星，而他又将用怎样的手段报复她呢？就在柏灵呆站在那儿"童年回忆"的时候，满口饭菜的妈妈已经凑到了她面前："灵儿！想不到周旭那小子竟会有如此大的发展，你一定要好好把握啊！"

"还好意思说！罪魁祸首，害我内疚十几年！现在人家回来打击报复了，您别丢了女儿，还要帮人家数钱！"柏灵恶狠狠地瞪了老妈一眼，悄声说道。

"人家那么有钱，还在乎把你卖了赚点小钱。你别想多了啊！别人不是说为你回来的吗？"老妈眉开眼笑，"我就等着当大明星的丈母娘呢！"

"做你的梦去吧！"柏灵几乎咬牙切齿地从嘴巴里迸出一句话。

老妈今天没心情和柏灵打嘴巴官司，笑呵呵地不停给SUN布菜："SUN，多吃点……多吃点……"

柏灵欲哭无泪。天啊！他刚来第一天就让柏灵感觉到了众叛亲离的滋味。柏灵觉得他一定在报复她，这只是一个开始而已，在他那无邪的笑容背后，隐藏着重重杀机！未来该怎么办啊？谁来救她！

柏文伸过脑袋，语重深长地说道："老姐，永远不要和意志坚定的男人争斗。"居然连柏文也站在了"鼻涕泉"那一面。她最后的一盏希望之灯霎时熄灭。

"天将降大任于世人也，必先苦其心志，劳其筋骨，饿其体肤，空乏其身，行拂乱其所为……"她柏灵虽有大志在身，可也不必承受这么大的痛苦吧！

"天啊！未来的日子该如何度过啊！"柏灵开始在心中无尽地哀鸣。

华灯初上，缤纷耀眼的五彩霓虹灯在夜色中闪烁。站在楼顶的天台上，便可以清楚地看见附近几栋高楼不断变幻的五彩灯光，那么闪烁！那么梦幻！似乎在瞬间可以让人的心也跟着七彩起来。可是这般美丽的景象，却依然改变不了坐在天台边缘的柏灵此时此刻郁闷的心情。

"郁闷！郁闷！真郁闷啊！"柏灵喜欢在烦恼的时候坐在天台的边缘朝天空大喊几声，也算是一种宣泄吧。

"一点儿小屁孩懂什么是郁闷？"有个声音在柏灵身后说道。

这个天台平时根本就没人上来，所以柏灵一直把它归属为自己一个人的净土。什么时候又有人发现了这里？柏灵赶忙回头，看见那个被她用闹钟砸破头的张龙正坐在天台的水箱上把玩着吉他。

倒霉的时候，她还真是走到哪里都可以遇到倒霉的事啊！今天一下子就让她遇到两仇家。"谁是小屁孩啊！我都18岁了！"柏灵反驳道。

"18岁不正是无忧无虑的年龄嘛！可你却在天台的边缘郁闷，明白的知道是在发泄，不知道的还以为你要跳楼了！"

"我坐在天台边缘就是要跳楼，你坐在水箱上不是要跳水自杀吧？"

"小丫头牙尖嘴利啊！"说着张龙就笑了起来，"嘿！你……"

"现在别跟我提欠你房租啊！要不然我真会跳下去！"

"我还正准备提来着……"

"你……"老天请借她一记旱天闷雷，劈死这小子吧！

"你在为房租烦恼吗？"看着柏灵气得腮帮子鼓鼓，张龙突然想捉弄她一下，"其实不交房租也可以，不如你陪我……"

"你要干吗？"看见张龙正步步逼近，柏灵的头皮都要竖起来，"你别过来啊……"坐在平台的边缘，想跑也跑不了啦！这都是青春偶像剧流行的意境，男女主人公，坐在平台的边缘吹着小风，可要真碰上坏人，这地方一点都不实用。

"你真别过来啊！要不然我会跳下去……"这也是青春偶像剧中，女主角遇到威胁常用的台词，但是当柏灵眯着眼测量了一下平台到一楼地面的垂直距离后，开始后悔自己说了那番话，这高度谁有勇气跳下去啊！妈妈咪啊！

张龙很轻易地抓住了她，将她拉入自己怀中，一股生疏的淡淡烟草味道扑鼻而来，他的脸几乎贴到她的鼻子上。柏灵瞪大眼睛，感觉自己快要窒息："你在干吗？"

"这个时候，你应该闭嘴闭眼睛……"张龙好笑地看着眼前这个脸红得跟番茄娃娃一样的女孩，"你的眼睛就不能安息一会儿吗？你看起来有点像死不瞑目……"

闭眼？她干嘛要闭眼！她该叫救命才对！可是……也许是这么接近看的原因吗？柏灵突然觉得张龙长得挺帅的，清俊机敏的五官，一双狭长的眼睛，镶着深不可测的黑瞳，完美挺直的鼻翼带着坚毅，一双紧抿的嘴边总带着坏坏地笑。

"看什么呢？是不是觉得我长得特帅？"张龙笑问。

"哇！你少臭屁了！因为我……我看到了一坨鼻屎。"柏灵朝他嚷道。

"啊？"张龙条件反射地松手去摸鼻子，柏灵欲逃，却被张龙反手擒住，"狡猾的小丫头！"一个转圈，柏灵再次重回他的怀抱，此时此刻他们的pose像极了《魂断蓝桥》宣传海报里男女主人公的标准造型。

柏灵的耳朵里开始响彻《魂断蓝桥》里那首经久不衰的主题音乐《友谊天长地久》。眼前浮现的是洛依和玛拉催人泪下、荡气回肠的爱情……时间就在这一秒定格……

"你为什么抱着灵儿？"一声巨吼彻底打破了一切美好的意境。

张龙不知所以，但立马放开了柏灵。

柏灵扶住几乎要折断的腰，从梦境中惊醒，见SUN戴着墨镜正恶狠狠地站在她的面前。

"你……你怎么上来呢？"

"我刚才路过你的卧室，敲门没人应，我想你肯定是到天台上来了！你小时候就喜欢这里……"SUN虽然在对柏灵说话，但是眼睛却直直地盯着张龙。

张龙冷冷一笑："你的小男朋友？"

柏灵一听眼睛顿时鼓了出来："什么？什么小男朋友！他是我家的房客，我们是仇家！"说到仇家时，柏灵故意加重了语气。

"哦！原来只是房客啊——"张龙故意把尾音拖得老长，然后又笑眯眯地看向柏灵，"你家的房客还真有意思！三更半夜还要戴墨镜出

门！看起来像你的保镖呃！"

"是呀！这是他特别的嗜好！呵呵！好了，我该回去啦！拜拜！"柏灵赶忙拉着SUN的手臂，头也不回地跑下了楼，她可不想有更多的人知道超级亚洲巨星SUN住在她家里。直到进了房门，柏灵才如怕被传染禽流感般甩掉SUN的手，准备回卧室睡觉，SUN却抢先一步，挡在了她前面："刚才那个男生是谁？他为什么要抱你？"

"稀奇了！你管他是谁！你又不是我爸，凭什么管我！"说着，柏灵使牛劲推开SUN，径直走进自己的房间，猛地关上了大门。

黑暗的房间里，只有SUN一个人默默地站在那儿，关切的眼神深深落在了被柏灵反锁的卧室大门上。

今天一天还真是漫长呢！柏灵靠在床上觉得有些疲惫，忽然窗外就飘来一阵木吉他清净明透的声音，在清凉的深夜里美妙得有些无与伦比。再接下来，柏灵听到的是和品冠一样干净的嗓子唱着王心凌的歌曲《月光》。

弯弯月光下我轻轻在歌唱
从今以后不会再悲伤
闭上双眼感觉你在身旁
你是温暖月光你是幸福月光
我在月光下歌唱
闭上双眼感觉你在身旁

是那个张龙在唱歌吗？柏灵从不知道有男生竟可以把这首歌演绎得如此美妙。回忆起刚才被张龙搂在怀中的一幕，柏灵心里就如同一百只霸王龙过境般震撼。

他长得真帅啊！还有小说中经常描写到的淡淡烟草香味，确实很好闻呢！如果刚才SUN不上天台来，接下去他们还会发生什么呢……天啊！她满脑子都在想些什么啊？柏灵强迫自己闭上眼睛睡觉，可是在梦中她依然见到了张龙那张玩世不恭的脸。

也许是昨晚的怪梦的原因，当第二天一早柏灵出门碰到倒垃圾回来的张龙时，就如同老鼠见到猫那样慌张，不知道该继续往外走还是缩回家里去，正当柏灵全心去思考这个哈姆雷特式的问题时，张龙已经来到了她的身边："喂！"

"啊！"柏灵几乎尖叫出声。

"只是打个招呼，至于吗？"张龙瞥她一眼。

"我……我不是怕你找我要房租嘛！"

"是啊！你这么一说倒是提醒我呢！什么时候去我家大扫除……"

柏灵白了一眼这个犹如黄世仁的家伙，转身准备去上学。

"昨晚的歌声可否动听？"张龙忽然问道。

"请你以后不要用噪音影响我睡觉！"柏灵有些违心地说道。

"嘿！别得了便宜还卖乖好不好！我在酒吧唱歌可是要收钱的！"张龙一脸的受不了，"你懂欣赏吗？"

柏灵想了想，说："歌声和弹奏我无话可说。不过，如果你们只是想一辈子在酒吧里唱唱歌是没问题的，但你们要是想有前途，就必须唱原创歌曲，你以为唱别人的口水歌会有出路吗？"

张龙不由睁大眼睛看着柏灵。她的一番话，简直说到他的心坎上了。这就是他们乐队一直以来的缺陷。张龙辍学回家，一直希望和两个好朋友闯出自己的一片天来。可惜四年多了，除了可以到酒吧里唱唱歌养活自己外，连一点目标都没有，曾经的大志也化为乌有。是呀！一个乐队必须唱原创歌曲才能闯出市场，但谁又会给他们这种名不见经传的乐队作曲呢！张龙重重地叹了口气。

"喂！是你要我提意见的啊！"柏灵忽然间觉得自己说得有些过分。

"其实你说得也对！可谁又会帮我们写歌呢？"张龙从口袋里摸出烟点燃，轻轻地吐着烟圈圈，看上去落寞得让人心疼。

柏灵忽然有些不忍，想帮他一把："嗯！我有个朋友，她会写点小曲子，如果你们不嫌弃，我可以下次拿给你们看看！"

"真的吗？你会有这么好心？"张龙有些不可思议。

真是不识好歹！这年代好人真是当不得！柏灵气匆匆地走下楼梯。只听身后传来足以让她差点滚下楼的话语，张龙竟然向她道谢。

"不管是真是假，我还是先谢谢你！"张龙开天辟地地对她露出真诚和善的笑容："我在江滩公园的'月色'酒吧驻唱，欢迎你有时间来捧场！"

看着张龙嘴角边浅浅的微笑，柏灵居然有些心醉。忽然明白，这世界原来比她想的还要奇妙得多，上帝造人也比她所知的要偏心得多……

"柏灵，被SUN抓住手的感觉是什么样的？"

"柏灵，听说那天SUN就压在你身上，你幸福得晕了过去！"

"学妹，听说当天是SUN抱你离开了见面会现场，你们然后去哪了？"

"灵儿，你也太不够意思了吧！快跟我们说说啊……"

"柏灵……"

"住口、住口、住口！"柏灵的精神状态已接近崩溃。这些平时和她远离、连话都不屑与她多说的富家千金小姐，为什么黑压压一片全挤到她的课桌前？"别再让我听见SUN这个名字，我和他一点关系也没有。"

如果任何人再让她听见"鼻涕泉"的名字，她保证立刻跳进体育馆的游泳池淹死自己。而溺死自己之前，她要先掐毙那位烦恼的制造源。

"嘿，你先听我说嘛！"刚刚走进教室大门的蒋晓舞正欲说点什么，"你都不晓得，当我们眼睁睁看着SUN搂抱着你……"

SUN！她又听见这个名字了。

"跟我来！"柏灵抓住蒋晓舞夺教室之门而逃。

逃得太急，等跑到学校的后操场时，柏灵和蒋晓舞已是气喘如牛，直不起腰来。

"跑……跑这么急干吗？难道……难道你有什么天大的秘密要告诉我？"

"晓舞……我……真有个秘密要告诉你……但是你发誓不要告诉别人……"

在得到蒋晓舞非常肯定的答案后，柏灵一字一顿地说道："SUN住进了我家。"

"啊，啊！"意料之中换来了蒋晓舞惊天地泣鬼神的尖叫。

柏灵急忙捂住她的嘴："镇定！"

"啊！"

"Stop！求你……"

"我也是身不由己……啊！"

"那你继续叫吧，我走了！"瞬间柏灵被一只八爪章鱼缠住，"你别走，给我如实说来，我保证不叫了……"

柏灵很满意这个答复。

"你是说SUN住进了你家？"蒋晓舞问得小心翼翼。

"嗯！"

"那你们今天早上是一起来上学的？"

"不！一大早他的经纪公司便派车来接他，他全副武装出门，估计没人能认出来！"

"他在你家过夜了？"

"是呀！不止是过夜了，他小子还要在我家常住，真是的！把我郁闷死了！"

"你们都要同居呢？啊——你们什么时候确定的关系……啊！就那么一压，就能压出感情？如果是这样，我愿意被他压晕一百次……"

同居？感情？什么跟什么嘛！"晓舞，你可千万别误会，我跟那可恶的家伙一点关系都没有！"

"都同居了还叫没关系，非要发出喜帖才算数吗？"蒋晓舞哭得梨

第二章 噩梦成真：鼻涕泉，归来！

花带泪，"怎么可以这样，人家深爱了这么多年的SUN，就这么轻易被你这丫头糟蹋了！"

柏灵彻底无言，她分不清此刻到底该是愤怒还是悲哀。

"晓舞，听我一句话……"柏灵几乎抓着她的手在哀求，"我发誓！我跟他连半点关系都没有，我要告诉你这件事的唯一目的，就是我想到一个不错的计划，希望你能协助我一起将那个赖在我家不走的家伙赶走！"但是以柏灵的语气听来，这赶走的含义似乎不单单是让SUN离开这么简单，而是有毁灭掉的意思。

"他赖在你家不走……为什么偏偏是你家？不是我家，也不是柳苏苏家？难道他从台上摔下来摔坏了脑袋？"

"这跟摔下台没有关系，其实他从小就脑袋缺根弦！"柏灵不以为然地说道。

"从小？难道你和SUN从小就认识，你们俩是青梅竹马？你怎么可以不告诉我……柏灵……怪不得他的公司会给你留位置……你怎么可以这样……为什么，这到底是为什么啊？"

汗！柏灵差点挥拳过去了，完全忘记了孔子说朋友之间要团结友爱的铮铮教诲。

看来谁惹的祸，这个残局还应该谁去收拾……

放学回家第一件事情，柏灵抱着一堆A4的白纸走进了柏文的房间，哦！对了！现在是大明星SUN和柏文共用的房间。

SUN正趴在书桌前，拿着厚厚一沓写真照片签名。看到她进来，有些受宠若惊："灵儿，你来了！"

柏灵不多说，直接将一堆白纸往他桌上一扔："帮我签名！"

"啊……"SUN刚准备说点什么，却被柏灵抢白："喂！你别以为我很崇拜你、喜欢你啊！这些签名是帮学校里你的那些粉丝签的，我的心很善良，喜欢帮助他人，唉！真是没有办法……"

"可是这个……"

"可是个什么啊！你不想签吗？你怎么可以这样对待你的粉丝，他们可是你的衣食父母啊！"

"这倒是。可是非要今天吗？公司今天让我把这些照片都签完，明天他们会寄给买我专辑中奖的歌迷……"

"不想签就算了！"柏灵抱起A4的纸便准备走人。

"好！好！灵儿，不如这样，我把这个签好的照片先给你拿去送给我那些粉丝，你看行吗？"

"不行……非得用这个签，而且一定要签在纸的右下方。"

"为什么啊？照片不是更好！"

"签或不签，嗯？"柏灵露出凶巴巴的虎牙。

"签！你放下吧！"

柏灵心满意足地笑了："那我晚饭后过来拿！"

"能不能晚点？我明早一定给你！"

"不行！不行！不行！签个名能有这么难吗？你小子最好不要跟我耍大牌啊！"

SUN叹口气，他拿她真没有办法。不禁宠爱地看了柏灵一眼："好吧！好吧！

"那你慢慢签吧，我先走了！"一个笑容极快地掠过她的嘴角，诡异又带着一丝调皮的孩子气。

晚饭刚吃了一半，正在狼吞虎咽的柏灵老妈，忽然惊呼一声，满嘴的饭粒如泉水般喷射进了其他三人的碗里。

"天呀！竟然忘记了我亲爱的女婿，为什么没有人提醒我让他下来吃饭！"说着老妈发飙地敲打每个人手中的筷子。

"老妈，SUN哥哥第一天在我们家，还是有点不习惯！"说着，柏文要吃盘子里最后一块红烧肉。

"你给我住嘴！"老妈用筷子瞬间钳住了柏文的嘴巴，痛得他哇哇直叫，"这最后一块要留给你姐夫！"

"最后一块，留着也不好看！"柏文的嘴唇被紧紧钳住，嘴巴里却在不停咕哝着。

"红烧肉是你妈的拿手好菜，一定要让你姐夫尝尝！"

"不！我已经一个月都没有吃到你烧的红烧肉了。姐夫是你儿子，还是我是你儿子？"

"一个女婿半个儿。再说，不靠你姐夫，以后你能买房子娶媳妇吗？"

天空乌云翻滚，眼看一场拉锯战即将一触即发。

柏灵拍桌而起。什么女婿？什么姐夫？当她不存在吗？难道除她之外他们还有第二个女儿吗？她都不承认"鼻涕泉"，他们凭什么在那里好似真有那么回事似的。

"你们吃饭就不能安静点吗？"

自从SUN出现后，柏灵立马被当成家里的救世主，她发飙了，其他人当然就要乖乖噤声了。

她最后一块红烧肉扔进柏文的碗里："妈！你就让他吃吧！人家是大明星，山珍海味吃着，哪还在乎你这块红烧肉啊！"

柏文生怕红烧肉再被人抢走，一口塞进嘴里："是呀！SUN哥哥是亚洲巨星，吃香的喝辣的！"

"啊！"老妈几乎如抢救彩票般，掰开柏文的嘴巴，拿着筷子进去搅拌："我女婿的最后一块肉就要没了，我可怜的女婿怎么还不下来吃饭啊！"

然后是柏文鬼哭狼嚎的惨叫声。柏灵老爸心安理得地继续扒着饭，因为这样的画面，在这家人的平时生活中时有发生，所以作为一家之长，他已经见怪不怪了。

实在无法忍受弟弟和老妈还在为那块红烧肉争夺，"啪！"柏灵拍桌而起："好啦！好啦！我去叫他吃饭，你们不用再争。"老妈立马推开老弟，冲到柏灵面前："还是我的女儿关心他，不如我盛好饭菜你直接送上去，然后喂给他吃……"

"行啦，你以为自己女儿是菲佣吗？"柏灵急忙止住她妈的疯狂想法，没好气地走上楼去。

"喂！大明星，还不去吃饭，还要人请你才去吃啊！"

推开门，发现SUN趴在桌上一动不动，柏灵吓得花容失色。完了！出人命了！这小子把自己活活给饿死了！明天各大报纸头条就会登出"大明星SUN饿死在民宅内"。标题下面就会有柏灵一家人惊恐不已的照片，而她也将以逼迫他人签名导致饿死在家中被判终身监禁，最后惨死在牢房里。

不行不行，她摇摇头，绝不能让这个悲剧发生。心脏复苏还是人工呼吸？当柏灵正准备把嘴巴凑上去时，却看到一条亮晶晶的液状物体从他口中静静地流淌出来，猛然间意识到他不是饿死了，原来是趴在这里睡着了，因为这小子从小就有睡觉流涎的不良习惯。

"臭小子！"刚准备一巴掌拍醒他，却发现上千张A4纸张已经签完了。睡着的他仍紧紧地握着签字笔，而中指上却缠着创可贴。

原来明星也挺不容易的，而自己却暗地里进行一项不太道德的行动。正想着，SUN突然醒了："灵儿，你这样看着我，是不是爱上我了？"

"爱上你？我是看你快要饿死了，准备将你弃尸荒野！"

他哀怨地看着柏灵："你别伤害我！"

"别演戏了，赶快下去吃饭！"柏灵催促道。

"还有这么多没签呢，等我把这些都签完了就下去。"

"但……你不能为了签名而不吃饭啊！要是你饿死了成冤鬼，回来找我怎么办？"

"灵儿你千万不要内疚，我是故意不吃饭的，我现在正减肥。"

什么！原来是为了减肥才不吃饭的，害她白白内疚一场，以为他是为了要给她签名而没下去吃饭。这么瘦了还在减肥，难道他的下一部戏是要演埃塞俄比亚的难民？

"饿死你算了！"说完，柏灵抱着签好名的A4纸摔门而去。

门内的SUN捂着胃再次趴倒在桌子上："该死的！一不吃饭老毛病就犯了。"

高二（一）班的杨某：

当我第一次来到学校，看到你的第一眼起，我就被你那双迷人的双眼深深地吸引住了。每天我都在寻找你那美丽的身影，甚至可以为了看你一眼赴汤蹈火，在所不辞！如果你和我也有同样的感觉，那么请你在今天下午放学后，在学校体育馆游泳池边与我相见，不见不散！

爱你的SUN

柏灵坐在自己的房间的电脑前，开始完成她的伟大计划。臭小子，这次死定了，看你明天怎么收拾残局。哈哈哈哈！柏灵看着打印机像雪花一样飞出已经打印好有着"鼻涕泉"亲笔签名的情书，兴奋地仰天狂笑。只要明天这些情书进入学校一千个女生的抽屉里，哼哼！就等着天下大乱吧。到那时候，SUN不被学校开除才怪！

柏灵抱着这些情书走出房门，开门却看见一堵肉墙挡在她面前，顺着肉墙往上看，看见张龙头发滴着水，半裸着身子，肩上搭着毛巾站在她的眼前，惊声尖叫起来："你怎么在这里！"

"这是我的家，我怎么不能在这里！"

"我的意思是你这个时间应该在酒吧唱歌，而不是在家里，你该不会下岗了吧？"

"对不起！不能如你的愿，我病休。"

"你病了啊！那菩萨也太灵了，我今天回家要买三牲四果酬神了！"

"你——算了，不和你一般见识。"说完张龙转身去冰箱里找食物去了。柏灵看着他半裸着的背影，心想，哇！这身材也太完美了吧。

"喂！还没看够呢！"张龙打趣道。

柏灵连忙收起花痴的表情，清清喉咙："就你？跟那破嗓子一样没魅力，想入本小姐的眼还得乖乖躲起来多练几年去吧。"

"真的？"张龙渐渐逼近她，把她压在墙上，挑起下巴调戏她，"那这样能不能勾引到你呢？"

柏灵顿时脸涨得通红，一手抱着明天的立功品，一手抵住他的肩，防止他继续靠近："走开啦！色狼！"

"色狼？那我就让你今天见识一下色狼的本性！"张龙慢慢压低身子，将两片烈焰红唇凑过来，却听见自己肚子极其煞风景的抗议声，张龙尴尬地捂着肚子，而柏灵早就笑抽了过去。

"哈哈哈哈！原来这就是你的色狼本性啊。"柏灵笑得蹲在墙角。

张龙懊恼地继续翻着冰箱："这个破冰箱，我明明记得昨天买了两个馒头放进去的，怎么现在不见了？肯定是昨晚那两个死小子偷偷吃了。什么破友情，跟这个破冰箱一样无情。"张龙狠狠地关上冰箱，却看见一碗救命的泡面出现在他眼前。他看到了希望，那是生的希望。

"就这碗泡面，吃不吃由你。"柏灵从她自己房间里拿出一碗泡面递到他的面前。

张龙虽然很想立刻将这碗泡面塞进胃里，但一想到刚才丢脸的情形，还是很有骨气地扭过头："别想用这包泡面抵消房租。"

"爱吃不吃，饿死算了。"柏灵拿着泡面准备离开。

"算了算了，房租我们可以再议，泡面还是留下来给我吧。"张龙抢过泡面紧紧抱着，生怕连最后的食物会消失一般，但又突然塞还给柏灵，"给我泡面去。"

"凭什么给你泡面？"

"就凭你欠我房租。咱们那天可是协商好了的，你每个星期要来一次大扫除。今天泡了面，那就抵消一次大扫除。怎么样？考虑考虑。"张龙得意地看着不服气的柏灵。

柏灵冷静衡量之后，将泡好的面放在他的面前。毕竟泡面肯定要比大扫除轻松多了。

"喂！你这是什么面嘛，水这么多，味道这么淡，你看你看！面还

都是硬的！根本就没熟嘛，不就是让你泡碗面吗？有必要拿一碗没熟的面陷害我？"张龙故意挑起面给柏灵看。

"不好吃就别吃，我是看你可怜，才把最后一碗泡面贡献出来的，不爱吃就给我，我最爱半生不熟的面了！"柏灵伸手去抢，张龙却抢先一步将面端起来，大口大口往嘴里送，生怕不小心到手的食物没了。

"你怎么能和病人抢食物，人道吗？难道想眼睁睁地看着病人就这样饿死？"张龙一边说着，还一边往外喷着细碎的面条，时不时地拿手背抹着嘴边溢出来的油汁。

"啧啧！太恶心了，你自己吃吧，我才不想感染你的病毒呢。"

张龙彻底放下心来，最后连碗里的汤也一饮而尽，心满意足地拍拍肚皮。柏灵撑着脸坐在一旁，笑得像朵花，突然觉得她和张龙像对小夫妻，过着恩爱的生活。

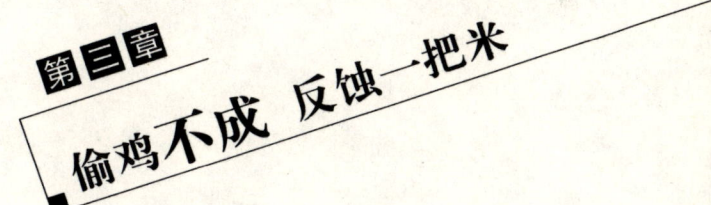

第三章

偷鸡不成 反蚀一把米

辛德瑞拉的必杀技I

第二天天亮，一个黑影鬼鬼祟祟地闪现在每个教室里。

再过半个小时，清晨的宁静将被打破，学校即将陷入一阵混乱之中，尖叫声会充斥整个教学楼上空。到那时候，SUN这小子,将永远消失在她的世界里，哈哈哈哈！柏灵开始仰天狂笑。万事俱备，只欠东风。只要将SUN引到学校体育馆泳池边，那整个计划就将完美成功。

柏灵下定决心要用这个计划来改变她痛苦的生活。过去四十八个小时是她最最痛苦的时光，SUN几乎以鲸吞蚕食的手法入侵她的生活圈，博取她家人的欢心，造成她的精神几欲崩溃，甚至不能静下心来温书。

"鼻涕泉"！你马上就要滚出我的生活了！

柏灵绕过两栋校舍，来到SUN所在的班级。这是一个超级VIP班，一个班只有8位同学，教他们的都是各科最顶尖的老师，而在这儿学习的8位同学都各有各的背景，大场面见多了，自然不会因为出现一个明星而造成混乱。所以SUN被安排到这里学习是最好不过的啦！

柏灵走到SUN所在的教室门口，朝坐在里面的SUN钩手指头，SUN就如小狗狗般欢心地跑出了教室："灵儿，你特地来看我的？"

柏灵使劲压制住自己即将爆发的情绪，淡淡地说道："我们去学校运动馆里谈！"

"哦！"SUN乖乖地跟着柏灵往体育馆的方向走。

来到空无一人的体育馆，柏灵后悔了。她这么早把他带来干吗？她抓破头皮，决定扯点话题出来拖延时间，所以第一句话就是："你到底想怎么样？'鼻涕泉'？"

"我不想怎么样啊？是你带我过来的啊！"SUN的表情十足无辜。

柏灵对他翻个大白眼："我是说，你回来搅乱我的生活，目的为何？你明明有房子住，却非要赖在我家，到底是为什么？"

"我这次就是要找你才回来的啊！"SUN理所当然地说道。

看！老实交代了吧！他就是专程回来找她报仇的！

"我曾经捉弄过你，是我不对……可那毕竟是小时候的事情，而且

在你走后我还忍受了十几年的噩梦，我已经很惨了！你现在竟还处心积虑地回来向我报复？"柏灵摊牌了。

谁知，SUN听到这里，笑得前俯后仰："怪不得！我一回来，你都不给我好脸色看，原来是以为报复你啊！那种小孩子之间的事情，谁还记得那么清楚啊！"

"切！别掩饰自己丑陋的心灵！你不想报复，为什么会想方设法成为大明星呢？"柏灵一点也不相信他。如果不是报复，他回来找她干吗？不是无聊来叙旧吧！

"我也是无意中被星探发现的啊！没想到自己会有一天成为明星！"SUN耸耸肩。

听他这么一说，柏灵倒是想起来了。前段时间有本杂志介绍各位明星的出道史，就有说到SUN的，好像是说大学期间他在餐馆里端盘子赚取外快，半年之后被上门用餐的韩国星探发掘去拍几部广告，转投聚光后，在杨樱的包装下走武打明星的路线，从此开始了璀璨的演艺生涯。

柏灵不由上下打量了一下SUN："就你这身瘦排骨，居然还去拍广告，那导演是不是有问题啊！"柏灵嗤之以鼻。

"可是他发现了我，证明他眼光不俗！"SUN得意地说道。

确实如此。SUN拍了几部武打片而名声大振，被各路媒体追捧为成龙与李连杰的接班人。一路炙手可热，片酬从初出道的十万元钱狂飙到一千八百万，随后也演而优则唱，一年内发了三张新专辑。在这种市场低迷的时期，他的唱片竟然能张张破铂金记录，前不久还拿了亚洲音乐排行榜的最佳男歌手奖。据说明年有个好莱坞制作人打算开两千万美金的高价请他演警员，这八成是全世界薪水最高的警员角色了，并且邀请他演唱主题曲。能有多少亚洲明星有此等骄人成绩啊！

柏灵再次强调此次谈话的重点："我不希望你在我家，搅乱我的生活。既然不是报复我，就请你离我远点，就当我们从来不认识。"

"不行！"SUN很干脆地回答。

"为什么？"天啊！她已经为欺负SUN的事情自责了自己十几年，

可现在老天爷竟连这个小小的愿望也不让她如意。天理何在呀？

"因为我就是为你回来的，渴望找到你，永远在你身边！"SUN深情地望着柏灵。

"你……你说什么啊！"柏灵有些害怕地倒退一步，而他眼中那一汪浅浅的蓝似乎要印进了自己的心里面。就在要被那深情的眼睛迷惑之时，柏灵突然惊醒了，她终于知道SUN要用什么手段来报复她。他一定是想让自己先爱上他，然后再甩了她！好毒辣的一招！算你狠！好在被她抢先识破了，哼！才不吃你那套呢！

"别拿眼睛盯着我，我讨厌长睫毛的男生！"说完，柏灵向后连退数步，退到他电眼无法触及的安全区域。

空气似乎在一瞬间被凝结住，大家都不说话了。为了打破僵局，柏灵便顺口问了句："你成了大明星，你老爸应该最开心吧？"

"他再也看不到了！"SUN英俊的脸孔上有着罕见的严肃正经，"自从那次搬家以后，我老爸就出了车祸，他还没享到儿子的福就先走了！在这个世界上唯一关心我的人就这么离开了，我有时感觉自己像个被人抛弃的孤儿，所以我一直在想念你。柏灵！一直都想见到你，幼年唯一的玩伴。想想童年的那段快乐时光，我便觉得自己生存在这个世界上还是有意义的！"

柏灵首次见到SUN卸下假面具，以毫不矫饰的口吻与她交谈。坦白说，这种感觉挺不错的。

"笨蛋！你哪能说生活没意义了，还有那么多支持你的歌迷和影迷呢！有今天的成就，你爸爸在天堂里也会微笑的！"柏灵的口气也平和许多，而且她竟有想流泪的冲动。想想SUN真是可怜，妈妈不要他了，爸爸又去世了，那段时间他一个小孩子是怎么熬过来的！柏灵越发对自己曾经做过的一切懊悔！要是当年她没听妈妈的话，没那样对待SUN，说不定他们也不会搬离这个小区，也许他爸爸的车祸也不会发生，天呀！柏灵的泪珠滚出了眼眶，她内疚得都快要死掉了！

"你怎么哭啦？"SUN看着柏灵。

"还不都是你弄的？干吗要说这些事情？这让我感到内疚啊！"柏灵哭得稀里哗啦。

"你替我哭出来也好！要是我哭的话，明天的八卦新闻又不知该怎么乱写了！我想想，从爸爸死后，我就再也没有掉过一滴眼泪！在这个尔虞我诈的娱乐圈里，软弱就会被吃掉！我多想离开这个圈子，过一般人的生活啊！像你家人一样，偶尔吵吵小架，但很幸福啊！"

"别想太多，就把我家当作你家吧！以后要开心一点呃！"她动情地对SUN说着。多年的仇家，梦魇里的恶魔，忽然转变成谈心的朋友，柏灵一时之间不太习惯，连安慰也很蹩脚。

"去了你家又如何？有人并不欢迎我。"他既难受又难堪地说道。

"不是的！"柏灵连忙为自己辩驳，"我以为你是为了幼年时那句誓言，回来找我报仇的。我们以后可以尽释前嫌，重新发展和平友爱的朋友关系啊！"

"那就是说，你以后都不会再赶我走啦？"SUN天外飞来一个疑问。

"嗯！"在此刻感情正丰富的时候，说什么她都会答应的。。

"真的？"SUN又补问一句。

冲动的柏灵只好以发誓来证明自己的决心："要是再赶你走，或者不把你当朋友，我就是小狗！"

说到这里，柏灵突然尖叫一声："完蛋了！你要遭殃了！我做了一件错事，你赶快离开这里！"

"怎么了……"SUN话还未说完，体育馆的大门就被猛地撞开了。

"SUN，收到你的情书，好好幸福呃！"远远地，就听见一群花痴女如饿狼般狂叫着扑过来。

"SUN我来了！"惊喜的声浪如潮流般，一阵阵涌向柏灵和SUN。

柏灵的眼角侦测到一堆黑压压的人头朝他们涌过来，每个人手中都紧紧攥着柏灵散发出去的情书。天灾啊！骚动发生了，她试图拉着SUN突围暴乱现场，但很快人流就冲散了他们。

"SUN！"柏灵双手用力扒开周围的人，想从人群中找出逐渐被淹埋的SUN。

可惜，人潮如狼似虎地冲过来，转瞬间在她面前形成一堵人墙。

她发觉自己沦陷在相当尴尬的境地。前有十万追兵埋伏，后有几米深的跳水池，一不小心就会跌成落汤鸡，或者被眼前的铁骑践踏。无所谓了，任何困难都无法劝阻她带SUN离开的决心。她努力排开身前的狂浪，用劲冲出重围。

双拳难敌四手，弱小的她压根儿无法穿过这群疯狂的花痴们。明明是一所贵族学校，为什么这群千金小姐们都不像小说中那样弱不禁风，而是像极了大户人家的砍柴丫头。她感觉自己整个人要被挤扁了！

"灵儿！"SUN身陷人群之中，企图握住柏灵向他伸出的手，可他的手瞬间就被数只无影手给抓去了。

既然正面拯救计划失败，那就只有剑走偏锋。柏灵发现接近水池边的人比较少，决定从背后找机会救出他。她小心翼翼地绕池子走出包围圈，瞄准落脚处，瞅准机会，发现空隙，立马伸手，抓住了！好像是SUN的皮带，柏灵决定用尽力气把他拖出来。

天哪！居然有只咸猪手正在袭击自己性感的臀部！他必须作出反抗，抓住那只恶魔之手，狠狠甩开。

一个漂亮的大水花，柏灵掉进了水池子里，可惜，大家都因为追逐着SUN，根本就没发现她掉进水池里，更没有听见她虚弱的求救声。

柏灵根本就不会游泳，她不断地在水中挣扎，她看见SUN笑眯眯地被众女生包围，一定很开心，怪不得迫不及待地甩开她的援助之手。柏灵刚才真是疯了才会相信他的鬼话，试图与他重新做朋友。她看出来了，那小子一定是故意的，借那群花痴之手来报复她。天呀！快要死了吗？怎么觉得自己一点力气都没有了，身体越来越轻呢？就在柏灵失去意识的一刹那，一股力量将她从深渊里拽了回来，她迷迷糊糊睁开眼睛，不会是在梦中吧！来救她的人，竟是张龙。

茫茫大海一眼望不到边，海面上翻滚着蔚蓝色的波浪，柏灵坐在

彩色的珊瑚上捡着可爱的贝壳。忽然不远处一艘大船向她慢慢驶过来，越来越近了！船头有人向她招着手——是他！是他的王子！他终于来接她！她跳下海！拍动着尾巴飞快地朝那艘大船游过去。就在这个时候，大海上忽然一阵狂风吹过，乌云滚滚而来，整个海面风起云涌！

柏灵大惊："海妖来了！海妖来阻止我和王子在一起了！我该怎么办……"话还没说完，她的眼前就出现了一双蓝色的大眼睛，慢慢地从海底浮上来一个大怪物，"小美人鱼你往哪里跑！你是我的奴仆，永远要帮我干活，永远要留在我身边！"

"不！我要和王子在一起！"柏灵坚定地叫道。

"看你有没有这个本事！"海妖猛地一挥手，王子的船就被风吹走了。

"不！"柏灵痛苦地叫着。

"跟我回海底去！"海妖的魔爪死死抓住了小美人鱼柏灵，将她拉入深深的冰海之中。咸咸的海水从她的鼻子和喉咙里直灌进去，她无助地挣扎，却无能为力，眼看离海面越来越远，没有了一丝光亮。"救我……"柏灵大声呼喊。

"喂喂！醒醒，醒醒！"张龙开始拍打柏灵的小脸。

柏灵缓缓睁开了眼睛，看到坐在他身边的是张龙，原来……原来这又是一场梦而已！柏灵重重地叹了口气，但是仍未从刚才的惊恐中定下神来。

"你一直都坐在我旁边！等我醒过来！"柏灵红着脸问道。

"你一直死抓着我的手，我怎么走啊！"张龙抽回被柏灵抓得发疼的手："喂！刚才你梦见什么了啊？表情那么狰狞！"

"梦见大怪兽啦！"柏灵皱皱鼻子。

"啊！你是幼儿园的小孩子吗？梦里有没有超级塞亚人来救你啊？"

"你笑我？"柏灵准备抓着枕头打过去，又意识到不能这样对待自己的救命恩人，"你去我们学校干吗？"

"我在琴行新带了个打爵士鼓的学生，是你们学校的。今天给他送练习的谱子去，听见体育馆里一片热闹，就想凑热闹进去看看咯，谁知无意中救了你！谢谢，就别说了，主要是怕你淹死了，我收不到房租！"张龙一副不必感谢的模样。

又是房租，明明就是想帮别人，为什么又提起房租！

"对了！那个在你家住的男生长得好像大明星SUN啊。"

"像？他本来就是啊！不过你千万不要跟别人说啊！"

"我没那么八卦的！只是觉得奇怪他怎么会出现在你家？"一个普通的高中女学生怎么会跟一个天王巨星有如此亲密的联系，他们之间到底有过什么样的故事呢？

"这个……这个不太好说啊！"柏灵不知道该从何说起。难道她要说自己幼年时是如何如何欺负SUN的，只因为她妈妈说SUN家里没有钱，不让他们一起玩！如果她这样说，张龙又会如何看她呢？柏灵叹口气。好在她老妈今天去超市抢购去了不在家，要不然张龙哪能在她身边坐这么久啊！

张龙见她不说话，心领神会地一笑。柏灵连忙解释："喂！你别笑得这么暧昧好不好？我和他之间没什么的，只有仇恨！"

张龙却笑："仇恨？我见他很关心你呢！"

"他是关心我死不死的了！好了，别跟我提他了，提到他我就来气！有他在，我根本就不想回这个家。"柏灵气鼓鼓地说道。

"那你以后不想回家时就到江滩的酒吧找我好了。"张龙说道。

"真的可以去找你吗？"柏灵来了兴趣。

张龙拿出自己的手机："我把号码留给你，过来就给我电话！"

"好啊！"

柏灵拨通了张龙的手机，将自己的号码也留在了张龙的手机上，张龙打趣地说道："你不怕我知道你的号码后，天天打电话找你要债？"

柏灵翻个大白眼："不要开口闭口就是房租好不好？你是黄世仁转

世啊！"

　　张龙"呵呵"地笑，柏灵觉得，在这一瞬间他们之间的距离似乎拉近了不少。

　　"以后可以经常跟你联系吗？"见张龙看着她，柏灵突然觉得自己很冒失，"嗯……嗯！我们同学之间都喜欢互发很有趣的短信，有时候上课还要发……有好玩的我就发给你看看啊！是不是会打扰到你？"柏灵语无伦次地想解释些什么，可张龙却微笑地看着她："电话24小时为你开机！"

　　柏灵的脸蛋瞬间红得像个大苹果。张龙有点忍不住，想伸手捏捏她粉粉的脸蛋，却突然听见柏灵卧室的大门被重重地推开了："该下楼吃饭了！柏灵！"

　　多烂的借口啊！现在才下午5点，伯母又不在家，谁会做饭啊！所以当SUN说出这句话的时候已经开始后悔了！

　　柏灵红着脸傻呆呆地坐在床上，张龙伸出的手因为来不及碰到柏灵的脸蛋而停留在半空中，整个场面尴尬极了！过了好一会儿，张龙才不自在地咳嗽了一声，站起身来："太晚了，我得先回家填饱肚子，晚上还要去酒吧演出！"

　　柏灵微笑地点点头，张龙转身与SUN擦肩而过，SUN突然冷冷地说道："不要打灵儿的坏主意，否则我不会放过你！"张龙的唇边只是扯起一丝意味深长的笑容，什么话也没多说，便潇洒地走出了柏灵的房间。

　　SUN看着坐在床上气势汹汹地盯着自己的柏灵："小心一点这个男生，他不像你所想得那么简单！"

　　柏灵抓起床上的枕头朝SUN的脸上扔过去："别人的心才没有你深！"

　　"柏灵，为什么你就这么讨厌我！我难道做错了什么吗？你告诉我呀！"SUN突然大声吼道，把柏灵吓了一跳，她从来就没有见过这么凶的SUN。在小时候，不管怎么欺负他，他都是一脸天真的笑容，好似被她整是一种幸福，柏灵还曾因为这个，一度认为SUN的脑袋有点问题，或者有点被"虐待狂症"！可今天的他……他凭什么生气啊？该生气的应该是她才对，他差点把她淹死在学校体育馆的水池里，她凭哪点不能恨他、讨厌他。

"你叫什么叫！我就是讨厌你！看见你我就不爽！怎么啦！以后你要是再随便闯进我的房间，我就搬到同学家住，直到你离开我家为止！"说着，柏灵又抢起几个放在床上的娃娃朝SUN扔过去，"出去！出去！"

SUN任凭柏灵扔过来的娃娃重重地砸在他身上，直到她弹尽粮绝，停下了所有动作，他才慢慢捡起一地的娃娃和枕头，低着头，沉默无语地将它们重新放回她的床上，小声地说了声"对不起！"便走出了柏灵的房间。

柏灵看着SUN的背影，突然心里感觉到酸酸的！她应该是对他有愧疚的，为什么自己还表现得如此强势霸道呢？她觉得自己有些反常。她平时为人不是这样的啊，为什么偏偏对SUN……柏灵觉得自己越来不了解自己了！

第二天学校的公告栏中贴出了对SUN的处分公告，大致的意思是，因SUN扰乱学校秩序，所以学校决定对SUN口头警告一次。柏灵颤抖地指着公告栏上不公平的处分，这……这！出了这么轰动的事情，居然只是个口头警告！天理何在!司法黑暗啊！她顿时觉得天旋地转。

"柏灵！没事吧？"蒋晓舞扶着差点昏倒在地的柏灵。

"我没事！"柏灵握紧拳头，咬牙切齿、一字一字地说道。

蒋晓舞实在无法理解。一个那么帅气的超级明星住在她家，她还有什么不开心的？但看到好友即将吐血身亡的表情，便好心地提议："不如我们约几个同学放学后出去唱K，发泄发泄，如何？"

柏灵摇摇头："我不去了，你自己去玩吧！"今天放学后她还真没空，她答应张龙放学后会去"月色酒吧"看他演出。想到这里，她的脸

不由红了起来。

蒋晓舞看着柏灵的表情，不由暧昧地笑道："哦！怪不得不和我出去玩了，原来是家里有人等啊！重色轻友的家伙！"

"谁啊？"柏灵一头雾水。

"少装啦！口口声声说讨厌SUN，但放学后急急忙忙往家里赶，还不是为了见他！同居生活真是幸福……"还不待蒋晓舞说完，柏灵就死死捂住她的嘴巴，四下张望。大家都沉浸在放学的喜悦之中，根本没人注意到这条爆炸性的新闻。"死丫头！你别瞎说，什么同居啊！我再重申一次，那家伙根本就是赖在我家不走！我都快烦死啦！"SUN住在柏灵家的消息已被他的经纪公司全面封锁，一切都是秘密的，要不然柏灵家门口可能天天会有女生排队，或者狗仔队在那儿拍照。在柏灵的同学中也只有她的死党蒋晓舞知道而已，不过现在，柏灵已经在后悔告诉她了。

"天啊！一个全天下女生心目中的白马王子住在你家，和你朝夕相处，你还嫌烦！多郁闷啊！我倒希望他赖我家不走了！"蒋晓舞简直羡慕得都快发疯了。

"他有什么好的啊！以前他根本就是个鼻涕虫，走到哪儿都要挂个手绢在胸前，但是他愚笨得就是不会擦，只会用袖子抹，每次还是我看不过去，总拿手绢给他擦鼻子！这种人今天竟然成了明星！太可笑了！"柏灵总是无法接受，一个流着鼻涕满街跑的孩子怎么会成为巨星的。

"多可爱啊！"蒋晓舞却是一脸幸福模样，好像是她帮SUN擦过鼻涕一样。

"受不了你啦！"说着柏灵背上包就要走，蒋晓舞一把拉住她："我总觉得你今天有什么不对劲！前段时间放学还总拉着我在外面逛街不想回家，今天怎么这么急啊？"

"我……太累了，想早点回家休息……还不行？"柏灵不会骗人，一骗人就结巴。

"哦！哦！柏灵你在骗我呃！"蒋晓舞眯着眼睛盯着柏灵，"坦白从宽，抗拒从严！准备放学去哪啊？"

还有谁会比蒋晓舞更了解她？柏灵拗不过她，只好全招了！谁知蒋晓舞比她还感兴趣："去酒吧，我喜欢！带我去吧！"

柏灵犹豫了一下，蒋晓舞便直嚷嚷："你不带我去，我可叫了啊……是那个谁住你家了啊！"

"好！好！我服了你了。"

"早说不就得了！"蒋晓舞抓起她的手就跑，"回我家换战袍先！"

"战袍？"

就在她们走到学校大门口时竟碰到了SUN，他正站在校门外不知道在等着谁。真是冤家路窄啊！柏灵不由嘟囔一句，而这家伙就毫不知趣地走向了她。

"灵儿！"他温柔地喊道。

柏灵就当是没听见，拉着蒋晓舞如保龄球一般撞开SUN，飞也似的逃走了。

唉！灵儿太伤他的心了，亏他千里迢迢跑来到这座城市发展，只为了回来寻找这位曾经替他擦过鼻子、抢过饼干，却让他感动一生的女孩！他千方百计打听她在蓝园高中上学，才让经纪公司制造了噱头，把他送来学习。好不容易和她见面了，她却视他为仇人，根本就无法体会他的心意。要知道，在离开这座城市的十几年里，他唯一牵挂的人就是她啊！

不到八点半，柏灵和蒋晓舞已经稳稳地坐在了江滩的"月色酒吧"里。演出还没开始，她们便坐在离舞台最近的座位上喝冰水。无意中，柏灵从墙壁上的茶色镜子里看到了全新的自己。她今天穿的是蒋晓舞的衣服。短短的牛仔绣花外套是今年韩国最流行的，配上流苏短裙和小马靴，柏灵觉得自己简直变了个人一般。她第一次觉得自己和蒋晓舞的差

距也不是想象中那么大了！

　　"别照了！又不能照出花来！"蒋晓舞嘿嘿地笑，"发现自己的另一面了吧？小美人？"

　　"瞎叫什么啊？"柏灵怪不好意思。

　　事先化了妆，她们坐在酒吧里特别惹眼，成功吸引了不少白领男士的目光。就在一分钟前，蒋晓舞才刚刚打发掉一位秃头款爷。那油烘烘的脸和圆鼓鼓的肚子，加上脖子上那明晃晃如狗圈般的金项链，差点没让她们把晚上吃的麦当劳给吐出来。最让柏灵佩服的是，当那位大叔第N次死皮赖脸地要求请她们俩喝酒时，蒋晓舞竟摆出一副天真的表情盯着他说："大叔！请问你是想老牛吃嫩草吗？我们还未满十八岁呢！"结果弄得那位款爷灰溜溜地跑开了，再也没敢过来，两个小妮子则笑得咯咯作响。

　　"晓舞！你真是太厉害了！"柏灵由衷地崇拜。

　　"这算是什么啊！在学校里我每天都可以收到几十封情书呢！想起来就累！"蒋晓舞得意地一摆头。

　　"是么？"柏灵知道蒋晓舞在学校向来受欢迎，但是每天都有几十封情书，还是让她惊叹不已，这数量都赶得上联合国安理会每天的文件了，"会有多少女孩羡慕你啊！"

　　蒋晓舞叹口气："现在人家再怎么也是羡慕你啊！追我的那些男生再多，也抵不上你一个天王巨星SUN啊！"

　　"别跟我把他扯在一起！"柏灵奇怪，为什么大家都喜欢把自己和"鼻涕泉"那个恶心的家伙凑成一对呢？

　　"喂！你真跟他没有任何关系？"

　　"绝对没有！"柏灵敢对天起誓，就算这世界上只有SUN一个男人了，她也不会稀罕他的。

　　"真的？那……那你可不可以帮我和他牵牵红线？"蒋晓舞期盼地看着柏灵。

　　柏灵刚喝的一口冰水差点喷出来："你不会真喜欢那个'鼻涕泉'

吧？脑袋是不是被门夹过啊？"

"切！照你这么说，世界上有一半的女生脑袋都被门夹了！SUN这么帅，人又这么好，不要他的女生，脑袋才被门夹过呢！"蒋晓舞一脸的受不了。

柏灵撇撇嘴。看不出来，"鼻涕泉"公众影响力还不错啊！可是大家都被他的表象迷惑了，只有柏灵才最了解他丑陋的一面——一个小心眼的人，一个非常记仇的人，一个一直想趁机复仇的恶魔。这些才是SUN真正的形象。

"你到底帮不帮我啊？"看着柏灵半天没反应，蒋晓舞推了她一把，"你是不是舍不得啊！"

冤枉啊！谁喜欢谁拿走吧！就是千万不要污蔑她，说她喜欢那个"鼻涕泉"。"我是怕害了你！"柏灵真心地说道。

"求你害我一次吧！"如果能和SUN在一起，蒋晓舞宁愿被人一害再害！

"拿你没办法！我只有尽力啦！你知道的，我和他很少说话！"柏灵简直拿蒋晓舞没办法。

"还是你最好了，亲爱的！"蒋晓舞飞扑过去在柏灵的脸上落下一个香吻，惹得四周一阵色狼口哨。

柏灵的脸一阵发烫。蒋晓舞就跟没事似的，开心地叫道："那我和SUN幸福的未来就交给你啦！"

"可他是个艺人啊，你没看他们那个圈子里，谈恋爱多艰难啊！还要提防着这个、提防着那个的，要是你们是同一个圈子的还好一点！要是不是，报纸上会天天说你高攀了他，说你是灰姑娘遇见了王子！多冤啊！反正我总觉得不合适！"

还不待柏灵发表完高论，蒋晓舞就神秘兮兮地从口袋里摸出一张名片来，扔在柏灵眼前的桌面上："没事儿，我和SUN马上快成为一个圈子里的人了！"

柏灵拿起名片细细瞧了瞧，是一家星探公司老总的名片："哇！该

不是他们发现了你，让你去当明星吧！"

"Yes！"蒋晓舞骄傲地点点头，"是我今天早上在上学的路上碰到的。那人一下就将车停在了我的身边，下车来激动地看着我，说他终于发现了可以一炮而红的新星！还说我有当天后的潜质呢！他约我明天去他公司试镜！"

"不会是骗子公司吧？现在这种假星探公司可多了，专门骗人钱财，让你交试镜费啊、管理费啊……我看你还是别去了吧！"柏灵担心地说道。

"那可不行！要是万一是真的星探公司，我不就错失了一个大好机会吗？哼！我一定要赶在柳苏苏前面推出我的个人专辑，看她还嚣不嚣张！"蒋晓舞一提到死对头柳苏苏就是一脸的愤恨。

"我还是很担心呢！"

"那你就陪我去吧！让你见证我走向星途的第一步！"蒋晓舞兴奋地说着，柏灵本来还想说点什么，可是酒吧中央的小舞台上已经响起了电吉他的声音。灯光迷离、杯盏交错，一个熟悉的声音响起："欢迎大家来到月色酒吧！凝听我们月色组合为你们带来的歌曲，希望大家都有个开心的夜晚！"这话刚说完，整个舞台上的灯全亮了。柏灵认出了张龙，他就坐在话筒前弹着一段音乐。弹着电吉他的他和天台上弹着木吉他的他是那么不相同，不过到底是哪点不同，她也一时说不上来。正在柏灵迷惑的时候，歌声已经响起。

整个酒吧的气氛被他们的歌声引燃了，连蒋晓舞也挥着吸管跟着尖叫起来。酒吧里每个角落都有人影在闪动，大家随着节奏摇摆着身体，似乎很陶醉的样子。只有柏灵呆呆地坐在位置上，她很希望自己能像蒋晓舞这样放得开，想唱的时候就唱，想跳的时候就跳，多开心啊！为什么她对自己永远都是那么没自信呢？正当柏灵默默低下头时，音乐突然停下了，话筒里传出张龙的声音："下面一首歌，我要送给一个美丽的女孩，她就坐在我右手的第一张桌上，她有个好听的名字叫柏灵！"

"柏灵！柏灵！是你耶！他送歌给你，好幸福呃！"蒋晓舞拖着柏灵从凳子上站起来，“别人送歌给你，你好歹有点表示嘛！总得起来给帅哥伴伴舞吧！”

张龙朝依旧没有缓过神来的柏灵竖起大拇指：“我把这首《我是你的罗密欧》送给你呃！”

说完他便拨响吉他，猛地朝上蹦了两下：“1、2、3！”身后的键盘手阿浩和鼓手小枫的乐器声便合了进来。

嘿朱丽叶
I can we can
会感动全世界
I can you can
你唯一该去牵是我的那只手
我是你的罗密欧嘿朱丽叶
嘿朱丽叶

最甜美的今夜爱情故事上演
就是我们在一起的每个画面般的依恋
因为你我情愿
去和整个世界的男孩为敌
只要你在我身边不言倦

酒吧里的客人嘘声一片，暧昧的眼光纷纷朝柏灵投去，就连侍应生也特意走到柏灵身边说道：“张龙希望是你的罗密欧呢！”

柏灵脸红红地，露出了幸福的笑容，蒋晓舞用手指戳戳柏灵的脑门：“死丫头，春天到了啊！今年你走桃花运了吧！”

柏灵有些哭笑不得。

两首歌唱完后，歌手可以有十分钟的休息时间，张龙便趁这个时候走到了柏灵她们的桌边：“考试考完了？”

　　"是呀！要不哪有时间可以来这儿啊！"柏灵说道，"给你介绍我的死党蒋晓舞，学校里公认的校花美女！"

　　蒋晓舞大方地朝张龙伸出手："你好！听柏灵说你的歌唱得好，今天特来听听，看她是不是吹的！"

　　"是吗？"张龙也大方地伸手与她交握，"牛皮吹破了我可不负责呢！"说完，朝侍应生一招手，"给两位美女来两杯石榴汁，记我账上！"

　　"不能来点洋酒吗？芝华士、马丁尼都可以啊！"蒋晓舞胡闹着说。

　　柏灵推她一把："别闹了！"

　　"到这种地方不喝酒人家会笑的！"蒋晓舞半开玩笑地说。

　　"反正我不喝，要喝你喝吧！"柏灵觉得蒋晓舞有点故意在张龙面前无理取闹，她知道这是蒋晓舞吸引男生注意力的招数，没一次不成功的。柏灵有些心慌慌，她害怕张龙会迷上美丽的蒋晓舞。她以为张龙下一步就会满足蒋晓舞的要求了！可是张龙却满眼含笑地看着柏灵："看！还是柏灵乖！你们未成年小女生喝点饮料就好啦！"说着，拿起侍应生托盘里的饮料摆在了她们面前，"我上去唱歌了，你们要什么自己点，我请客！"张龙说到这里，台上的乐队已经在用音乐催他了，张龙朝他们挥挥手，赶紧上台去了。

　　"呜呜！挖到宝呢！"蒋晓舞发出小狼般兴奋地叫声，"这男孩似乎真喜欢你，我刚才替你试过他了。不错！竟然可以抵挡住我的诱惑！柏灵我越来越羡慕你呢！"

　　原来，刚才蒋晓舞撒娇和无理取闹，都是故意试张龙的啊！柏灵在心中松了口气。好在蒋晓舞不喜欢他，要不然，她根本就不是蒋晓舞的对手。

　　柏灵微笑地看着张龙。他的声音极富弹性，低的时候显得深情迷离，高的时候又格外轻松自然，不经意之间还略带些沙哑和性感，让人不由自主沉醉其中。柏灵想，要是有人发现张龙，他一定会比SUN那家伙唱得好。怎么突然想到那个讨厌的家伙了！柏灵不由甩甩自己的脑袋，继续听歌。

如果全世界我也可以放弃
至少还有你值得我去珍惜
而你在这里就是生命的奇迹
也许全世界我也可以忘记
就是不愿意失去你的消息

蒋晓舞在柏灵耳边说："我敢说这家伙肯定很受女生喜欢，你以后真跟他在一起了，可要小心点，你看他面带桃花——桃花眼睛、桃花嘴……嘴边总带着坏坏的笑容，哪个女孩碰上他，准得上钩！你看！我话还没说完，这就上去一个送花的美女。"

柏灵朝蒋晓舞所指的方向望去，一个穿着妖娆的金色连衣裤裙的卷发女人，抱着一簇玫瑰花走上了张龙唱歌的舞台，张龙正在唱歌，她便将花放在他身边，还俯下身亲了一下张龙的脸。张龙竟没有拒绝。

柏灵和蒋晓舞同时尖叫："妈呀！"

那穿着金色连衣裙的女子竟直接走下台，来到柏灵和蒋晓舞的面前："小妹妹，你是龙的什么人啊？"

"龙？"柏灵有些糊涂。

"哦！龙就是张龙啊！我平时就这么叫他！"女子妖媚地笑了，"我和他很熟呢！"

"我想，还是柏灵和他比较熟，他们住在一起！"蒋晓舞想也没想地说道。柏灵惊讶地望着蒋晓舞，那女子也愣住了。蒋晓舞在桌下捏了柏灵一把，"是吧？柏灵！他晚上还总是用木吉他弹曲子给你听！"柏灵呆呆地点头，穿金色连衣裙的女子冷冷一笑，朝侍应生挥手，"给我拿两杯血腥马莉来！我要敬这位小妹妹，她找了个不错的男朋友！"

"喝酒！我不会……"柏灵怯怯地说道。

"我敬你的怎么不喝？我们酒吧可是有规矩的，如果我敬你的酒你不喝，这两杯酒你可要买单的！"

买单？应该不便宜吧！正想着，鸡尾酒已经送到了她们桌子上，金色连衣裙的女子端起了酒杯，"我敬你，小妹妹！"柏灵半天也没有拿起杯子的意思。

蒋晓舞端起杯子，一把塞在柏灵手中："喝就喝，别让人家瞧不起咱！不就是喝杯鸡尾酒吗？还怕了她不成！"

柏灵端着杯子，发现在台上唱歌的张龙正担心地看着她这边。她不能让他担心，不就是一杯酒吗？柏灵主动和女子干杯，眼睛一闭，将酒一口气咽了下去，一抹嘴，将酒杯重重放回桌子上。蒋晓舞在旁边拍手叫好。女子笑笑，也干掉那杯酒，笑着走开了："真是有意思的小妹妹！"

"柏灵，你好酷呃！"蒋晓舞笑道。

柏灵笑了笑，忽然觉得脑袋被什么重物撞过般，眼睛也迷糊了，但是还是看见张龙跳下舞台向她跑来："傻丫头！你怎么可以喝这么烈的酒呢？"

柏灵舌头似乎一瞬间变大了，胆子也跟着变大了："那……那个女人是谁……谁？她为……为什么要……亲你？"

张龙笑笑："她叫小美，是我的老板，这家酒吧就是她的。她喜欢开玩笑，你别见怪！"

"只是……只是你老板……而已吗？"柏灵翻着眼睛看张龙。

"是的！只是老板！"张龙拍拍她的脸，"你醉了，丫头！"

"那就好了……这酒没白喝！"说着，柏灵微笑着一头栽倒在桌子上。

深夜十二点的人行横道与车道均冷清清的，万籁俱寂，只有天上稀微的星光与地面上昏黄的孤灯相辉映，投照出二个交叠在一起的长长的影子。张龙背着不停唱着也不知道是什么歌的柏灵，走在回家的路上。

"别唱了！要进社区大门了，小心人家告你扰民！"张龙笑道。

"我有唱得这么……这么难听吗？敢说我扰民……我告诉你！在网上可好多人喜欢我呢！"柏灵得意地说道，然后哈哈大笑，"我是网络超级歌手！哈哈哈哈哈……"

"怎么？你也喜欢在网站上去贴歌？"

柏灵猛点头："是啊……"

"那你喜欢唱谁的歌？"

"自己的歌……哈哈哈……"柏灵笑得有点刹不住车了，张龙摇摇头，只当是醉酒后的疯话："再不能喝了！看你喝成这样子，我还不知道怎么送你回家了！你的朋友倒好，把你扔给我就跑了！我的两个死党就更有义气了，都去送你的美女同学回家了，你说我该怎么办？你妈好凶的！"

"你把我送回去，再递给她一百元……她绝对……绝对不骂你了！她特喜欢钱！哈哈哈哈……哈哈！"张龙背得有些气喘吁吁，他轻轻往上托了托柏灵："看你这小疯子！别闹了！唉！别动！你好重的！"

"不行！我要唱歌！我要当大明星！啦……啦……"柏灵张着大嘴使劲喊着唱着，酒性彻底搅乱了她的神经。不过，也许这时的她才是最开心的，想说什么就说什么，想唱什么就唱什么！

"好！好！你是大明星！大明星回家再唱好不好？"张龙生怕柏灵的大嗓音把小区里的居民都吵醒，那可是会引起公愤的。

"不！大明星就要在外面唱！你是不是……是不是瞧不起我，我是灵歌，你知不知道？网络……网络上的大红人……几家唱片公司都在找我……我就是不出现，哈哈……我玩神秘！哈哈……"

张龙闷笑。这又是一个自称"灵歌"的女孩，当各大唱片公司四处散播寻找"灵歌"的消息后，已经有很多女孩子自称自己是灵歌，去唱片公司要求出唱片，却都被公司否定了。这个灵歌就像个神秘的天外来客般，带着神秘的面纱，给歌迷们带来震撼心扉的歌曲！张龙总在想，要是真能由灵歌给他们乐队写曲子的话，他们乐队不红也难了！不过这

简直就是奢望嘛！谁也不知道灵歌是谁，就算找到灵歌，灵歌又凭什么给他写曲子呢！就在张龙思绪万千时，一个冷冷的声音从他前面传来："你带她去了哪呢？"

张龙抬头，竟是SUN，呵呵！天王巨星深夜站在门口只为了等这个女孩子回家。看来她对于他来说，真是很重要！

"去喝酒啦！哈哈……哈哈……"柏灵哈哈大笑着从张龙的背上抬起头，然后打了个酒嗝，脑袋又跌落回张龙的肩膀。

"你怎么可以带她去喝酒？"SUN走过去，想从张龙的背上将柏灵夺过来，可张龙却退了一步。

"你是他的谁啊？我凭什么把她交给你。以我的印象来看，她好像很讨厌你，她是不会允许我把她交给你的！"张龙的嘴边缓缓扯出一丝玩味笑意。

"把她还给我。听见没有？"SUN的声音提高了好几倍。

"我要不答应又如何？"张龙也和他杠上了，"你想和我贴身肉搏，然后明天上各大报纸的头条吗？"

SUN顾不得一切，朝张龙冲了过去。张龙没想到，他会不惧威胁跑过来。就在两人剑拔弩张之时，柏灵的老妈从屋子里走了出来，她是见SUN一个人在外面等了好久了，不放心，想出来看看。这样的帅哥，深夜被人劫色怎么办？不过竟看见自己的女儿正像只软脚虾一样趴在一个男生的背上，还在SUN的面前——他可是她内定的未来女婿啊！她立马如风一样卷过去，一把拧住酣睡中柏灵的耳朵。"妈呀！"柏灵一声惨叫，从张龙的背上掉了下来，张龙连忙去扶她，却被SUN拦住，"我警告过你，不要打她的坏主意！"

张龙不在乎地笑："这酒不是我要她喝的，是她自己为了我和另一个女人争宠喝下的！"

柏灵老妈一听大惊："臭丫头！你竟然去酒吧喝酒！还是为了一个男生！你把我给气死了！"柏灵躺在地上毫无动静。她实在是太累了，酒精的作用让她刚才又唱又叫，精神和力气都用光了，自然睡过去了，

现在要让她清醒过来，除非是大地震来了。

　　"伯母，先带她进去睡吧！有什么事明天再训她也不迟啊！"SUN见柏灵如烂泥般倒在冰冷的水泥路上，心痛不已！

　　"好！我明天再收拾你！"SUN帮柏灵的妈妈从地上拖起柏灵，准备扶她回房间。张龙在身后叫了他一声："她很可爱，我不会就这么轻易放弃她的！我们俩可以公平竞争！"

　　SUN回头冷冷道："你这样的人没有资格跟我公平竞争！"

　　"是！我不会让我的女儿和你在一起的！你别想……"柏灵老妈的话还没说完，醉得不醒人世的柏灵突然喃喃地说道："我喜欢你，张龙！"

　　SUN的心狠狠地抽动了一下！柏灵的老妈跳起来一掌拍在女儿的头顶上："死丫头！喝醉了还敢乱说话！"这一掌又让柏灵继续沉睡过去。

　　"看来，愿不愿意和我在一起是柏灵的事情，你们谁都无法阻止！"张龙嘴角得意地轻轻上扬，转身走进了单元楼。

　　SUN紧紧地搂住柏灵，发誓自己不会让她受到任何的伤害！

第四章

SOS　柏灵被绑架了

从上早自习开始，柏灵就一直趴在课桌上补瞌睡。本来昨晚的那杯酒喝得她今天脑袋还在发晕，偏偏早上一起床，就被老妈叫去上政治课，离上学只差半个小时的时间才放她出来。听着老妈如唐僧般的唠叨，柏灵的头就更晕了。妈呀！她今天是别想听课了。

　　蒋晓舞比她更夸张，下午最后一节课才来上学，一见到柏灵就问长问短："你昨天回去没怎样吧？"

　　"还没怎样！我的耳朵都要被我妈教训得起茧子了！"柏灵可怜兮兮地摸摸自己的耳朵。这耳朵跟着她可真是命苦啊！不但要听老妈的铜臭心经，还要承受老妈比唐僧还厉害的唠叨神功。只怕耳朵有嘴巴的话，都会唱《太委屈》啦！

　　"我不是问这个哪！我是问你喝醉酒后回去和张龙……"

　　"喂！你别瞎说啊！"柏灵几乎要跳起来了。

　　"你思想健康点好不好！我只是怕你喝醉了后，在回去的路上和张龙说胡话！你都不知道，我们刚从酒吧分手的那会儿，你在那大叫喜欢张龙，还唱灵歌的歌曲，说要献给张龙！真是丢脸！你在和他单独回家的路上不会把你的三围都告诉他了吧？"

　　"你说什么？我真是大叫喜欢他？还要献歌给他？"天啊！让她找块豆腐撞死自己吧！

　　蒋晓舞安抚地拍拍她的肩膀："其实这也不是什么坏事，趁酒醉的时候表白最好了，他要是也喜欢你，以后不就可以自然发展了吗？"

　　"可要是他不喜欢我怎么办？"柏灵瞪着眼睛看蒋晓舞，"说出了这种话，以后跟他相处多尴尬啊！"

　　"那有什么的，你就当是喝醉酒耍酒疯乱说的！他问你，你就装失忆！"蒋晓舞老道地说道。

　　"那我昨天说出喜欢他时，你看他有没有什么反应啊？"柏灵有些不好意思，凑过去问蒋晓舞。

　　"有啊！他说明天就向你求婚！"

"瞎说！"柏灵尖叫。

"猜对了！"蒋晓舞笑得差点晕过去。

"死丫头竟敢耍我！"柏灵卷起袖子，作势要收拾蒋晓舞。

蒋晓舞讨饶："我错了！我错了！但是他当时还真没什么反应！可能也当你是酒后的疯言疯语，如果他当真了，今天一定会跟你联系的！"

蒋晓舞刚说完，柏灵便急忙从书包里翻出手机，唯恐自己的手机关机。

"看你那紧张的样子！"蒋晓舞一脸的受不了，"对了！别忘了，放学陪我去大田娱乐影视经纪公司。"

"你真要去啊！"柏灵担心地问一句。

"为什么不去啊！为了这事儿，我特意在家打扮了一早上了！"柏灵这才发现，蒋晓舞真是经过精心打扮的。头发做卷了，还穿了一套"淑女屋"的小洋装，活像一个可爱的芭比娃娃。"再说了，我们每个人都在等待属于自己的机遇，不是吗？柳苏苏要不是去参加了唱片公司的比赛，她能被签下出专辑吗？我相信这次将是我成功迈向娱乐圈的最好机遇！"蒋晓舞坚定地说道。

"行，那我陪你去！两个人去还是比较安全！"柏灵天生有义气，蒋晓舞肉麻地抱住柏灵，"亲爱的，等我红了，让你做我的经纪人，赚大钱！"正说着，柏灵的手机就忽然响了，她不经意地瞄了眼来电号码，"天啊！"

几乎吓了蒋晓舞一大跳："怎么？外星人来电？"

"是……是张龙耶！怎么办？"柏灵急得团团转。

"那就接呗！"蒋晓舞翻个大白眼，"还以为是谁呢？"

"真接？"还不等柏灵有所反应，蒋晓舞就抓着她的手指按下了接听键。张龙在电话另一头"喂"了半天，这边的柏灵才说话："嗯……嗯！张龙你好！有事吗？"

"昨天喝了酒，今天头会疼吗？"

张龙在关心她耶！柏灵的心里甜滋滋地："哦！还好啦！"

"傻丫头！今天放学有时间吗？"

他要约会她吗？柏灵的心开始加速跳动："嗯……有事吗？"

"听说哈根达斯在我们城市开了一家店，想请你去吃啊！"

天啊！带你爱的人去吃哈根达斯，不是这家冰淇淋店最著名的广告词吗？他是在暗示她什么吗？柏灵心花怒放，正准备答应，却感觉有人在拉她的衣角，侧过头去，竟是蒋晓舞在瞪视着她，原来她一直贴在柏灵的耳朵边偷听，当听到张龙要请柏灵放学吃哈根达斯时，她开始用警告的眼神小声提醒柏灵："你先答应我的，柏灵！"

柏灵无可奈何，只怪自己先答应了蒋晓舞："对不起！我放学后说好要陪蒋晓舞去大田娱乐经纪公司面试的，有星探发现她了呢！"

"哦！那就没办法了，只有下次喽！"电话那头的张龙体谅地说道。

蒋晓舞放心了，故意对着电话筒大叫："下次带上我吧！"

"怕是你成了大明星，我请不起你！"张龙笑道。

"真是会说话！"蒋晓舞眉开眼笑。

"那我挂了！晚上早点回家！"张龙体贴地说道。

柏灵满脸幸福的笑容："知道啦！你晚上去酒吧唱歌之前一定要记得吃饭呃！不要总是吃泡面，没营养的！"

"知道了小管家婆！"张龙说完挂了电话。柏灵双眼仍盯着手机，几乎不敢相信刚才张龙打来的电话是真的："我不是在梦中吧？"

蒋晓舞使劲掐了她一下，疼得柏灵哇哇大叫："你干吗啊？"

"知道疼啊！那就不是在梦中喽！"蒋晓舞对着柏灵挤眉弄眼，"多甜蜜啊！俨然一副人家小媳妇的样儿！"

"瞎说！"柏灵虽然嘴上强辩着，但心里却很是受用！她想，现在在电话另一端的张龙是否和她拥有同样的心情呢？正想到这儿，柏灵的手机再次响起，她以为是张龙还有什么话没跟她说完又打回来了，便立马快乐地按下了接听键，温柔地说道："喂！有什么事吗？"

电话另一端顿了好长时间才有了反应："灵儿！今天太阳从西边出来了！你竟然跟我说话这么温柔！我好感动啊！"

竟然是"鼻涕泉"打来的！柏灵瞬间语气就变了，"怎么会是你？谁告诉你我的电话号码的？"

"柏文啊！"SUN老实地说道。

"那个小叛徒，看我回家怎么收拾他！"柏灵凶巴巴地说道。

"你别怪他，他是被我收买的，我给他买了他最喜欢的卡帕运动装！"

"汉奸！走狗！"如果在抗日战争时期，他弟弟绝对是个卖国贼，一点利益就可以让那小子动摇。

"你今天晚上回家吃饭吗？一个朋友从法国带回了当地的土特产送给了我，晚上我们一起吃吧！"SUN讨好地说道。

"我不回去啦！"

"那你干什么去？今天晚上学校应该没有晚自习吧？"SUN就像一只忠心守护小鸡的母鸡般关心地询问道。

"喝酒去！"说完柏灵没好气地挂上了电话，"烦死我啦！"

蒋晓舞嘀咕一句："身在福中不知福！要是我，早幸福得晕过去了！"

"这也叫幸福啊？"柏灵不可思议地尖叫。

"人家到底怎么你了嘛？好像杀父仇人一样！"

"他怎么我了？他……他……"柏灵真不知道该如何说好！是呀！他怎么她了，他并没有做过什么伤害她的事情，反而是她从小一直在欺负SUN。她应该对她小时候做过的一切而感到内疚，为什么却要一直怀疑SUN居心不轨！她到底是怎么想的啊！柏灵不由拍拍自己的脑袋，这个问题太复杂了，她似乎一下子找不到答案。

"你对拍电视剧懂多少？"

面试的第一个问题，蒋晓舞就被主考官问得瞠目结舌。

柏灵和蒋晓舞同坐在大田娱乐经纪公司的会议室里，她不禁开始打量眼前这位大腹便便的公司总监唐先生，眼光含着几丝怀疑的成分。这是什么问题啊？晓舞应该没必要了解电影的拍摄流程吧？只是面试演员，又不是招聘导演。再说了，就她所知，拍电影的都是大电影公司，还没听说像这种在一个破楼房里租了几间房的所谓的星探公司可以独立拍电影的！

　　"嗯……应该和电视节目的制作流程差不多。只不过，人手比较复杂一点……"蒋晓舞多少想瞎掰一点。

　　"现在的小女生真是长得漂亮，懂得也很多啊！像你这样内外兼具的女孩子，不成为明日的巨星，就是暴殄天物了！我觉得今天对你的面试very good！"做出这样的回答，还得到了这位总监如此高的评价，柏灵越发觉得这儿有问题了。可蒋晓舞早被捧上了天，开心地问："那我什么时候可以签合同，拍广告、拍电影呢？"

　　"马上！马上！你是绝对没问题的！"总监向蒋晓舞保证完后，眼光一闪，端着下巴又开始打量柏灵的外形，从上看到下，再从下瞄向上。半晌，露出半抹极满意的表情。

　　柏灵顿时给他瞧得全身发麻，鸡皮疙瘩落了一地。制作人滑滑亮亮的脸皮，让她觉得那张笑颜似乎随时都会渗出油脂来。

　　"这位同学，"唐先生对柏灵说道，"其实你也是块宝玉，只是没被人发现罢了！想不想和你的好朋友一起签约我们公司，当大明星啊？"

　　"我？"柏灵指指自己，看来这年头，还真是谁都可以当大明星呢！

　　蒋晓舞在一旁期盼地看着她："柏灵，这是一个难得的机会啊！"

　　"可我对演戏、拍广告不感兴趣啊！"柏灵意兴阑珊地说道。

　　这位总监似乎终于明白了："哦！你想唱歌，对吧？像超级女生的李宇春、周笔畅那样成为家喻户晓的歌星！我们这里也可以实现你的愿望！"

　　柏灵翻了个大白眼，心想，他以为自己是阿拉丁神灯啊！什么愿望都能实现！

　　"这位同学，你有兴趣吗？实不相瞒，我们最近正想开拍一部大型青春励志偶像电视剧《大明星》，其中穿插了二位年轻纯真、秀丽温柔、对爱情和未来充满憧憬的女大学生角色，而你和蒋晓舞完全符合我对那个角色的要求，不知道你有没有兴趣跟我进摄影棚试一下镜？"唐先生倾身和她协商，态度虔诚得像个推销员。

　　《大明星》？还好，他不是要翻拍《大长今》。柏灵猛摇头："对不起！对于拍电视剧我真一点兴趣都没有！"她总觉得这个公司有点问题，不由拉了一把蒋晓舞，"你不如回去再考虑一下，要不，跟你爸妈再商量一下吧！"

　　听柏灵这么一说，唐先生故意板起了脸："可以！可以！你们可以回去考虑一下，反正我手上的优秀人选也有很多，等会儿还有女孩来面试，要是我觉得好的话，就先签她们了！"

　　蒋晓舞急忙说道："不用！不用考虑，这么好的事儿，到哪去找啊！我一定要演！"

　　"晓舞……"柏灵就是觉得这地方别扭。

　　唐先生瞧出了柏灵的不安，也不强求了："唉！算了！有多少人抢着演啊！你和娱乐圈注定无缘我也不好强求你了，真是可惜啊！你以后可千万不要后悔啊！"

　　蒋晓舞生怕唐总监改变了主意，急切地说道："我现在可以试镜了吗？"

　　唐先生点头，示意蒋晓舞跟他来。

　　柏灵连忙起身要跟进去，却被唐先生制止："这位同学要是不参加试镜，只能坐在门口等！"

　　"奇怪了！又不是什么国家机密，为什么不能看？"柏灵问道。

　　"你要知道，我们的拍摄工作是很保密的，要是被别的影视公司抢先得到了题材，我们的工作不就白费了吗？"唐总监说得振振有词。

"如果你不让我进去看，我就马上带蒋晓舞离开！"柏灵实在不放心让蒋晓舞一个人进去。

"你……你！"唐总监看着柏灵如此坚定的表情，无奈地说道，"你们真麻烦，进去吧！不过要把手机寄存到我们前台小姐那里！因为我们摄影棚里不允许有任何的杂音！"

"我们把手机调到震动还不行吗？"这儿怎么这么多破规矩啊！

"喂！你们到底还想不想试镜啊？我可是很忙的，没时间跟你们好玩！"唐总监板起了脸，蒋晓舞急忙拿出自己的手机连同柏灵手里的手机一起交给了他们，唐总监这才恢复了笑容，"我们也是希望这部戏能够完美，不是吗？"蒋晓舞连忙应承着点头。正在这时，从门口又走进一位身材高大的男人，他穿着花花的衬衫，身材因为练过健美而感觉像只大牛蛙："唐总又来新人了，很纯的小妹妹呢！"柏灵觉得这家伙说话简直像个二痞子。

唐总监急忙跟蒋晓舞介绍："晓舞，这是我们这部戏的男主角劲刚，演过好几部大片的男主角，马上准备去好莱坞发展。你这次能和他搭戏，一定能红的！"

"是吗？"蒋晓舞受宠若惊，一脸崇拜地望着唐总监所说的大明星邵刚，"前辈，我是新人，以后请你多多指教呢！"

邵刚？柏灵开始在脑海中搜寻这个名字！大明星？好几部大片的男主角？既然是大片，像她这样的电影狂热爱好者，怎么说也应该会有印象吧！前段时间她还看了《赤壁》，这该算是大片吧！可人家的主角是梁朝伟、金城武……没他什么事啊！再说了，谈大片的话，怎么也轮不上他啊！现在国内最有名的，能演上大片、当上男主角的除了SUN，柏灵还真没听说过别人啊！再说这家伙也能当男主角的话，那SUN不是可以当影帝吗？真是的！咦！她什么时候开始帮SUN那家伙说话了？也许是跟这个所谓的大片男主角劲刚相比，SUN的确要强很多，所以她才有感而发的，一定是这样！但只限于和这个家伙相比，柏灵安慰自己。

"我会好好指点你的！"说着，劲刚的手已经搭上了蒋晓舞的肩，

那眼睛都要放绿光啦！柏灵急忙很巧妙地上前一步将蒋晓舞和男主角隔开："大明星耶！我也想认识你！"

唐总监得意了："如果你刚才答应演戏，就可以和我们的大明星劲刚配戏了，现在可后悔了吧！"

后悔个屁！柏灵在心里骂。

"今天来的小妹妹都好可爱呃！好吧！我们进影棚吧！我都有些迫不及待，想跟她们演对手戏啦！哈哈！"那个叫劲刚的男主角带头往电影棚走去。唐总监对她们做了一个"请"的手势，蒋晓舞开心得像只蝴蝶般，轻盈地跟在唐总监的后面，走向了公司后院的摄影棚。

柏灵实在觉得不妥当，但是，如果这真是一个可以让蒋晓舞实现梦想的地方，她也没必要去打破，也许是她自己太多疑了，或者太孤陋寡闻的缘故。柏灵如此认定着！

不过当她们走进摄影棚时，柏灵不得不承认，这间公司确实有拍电影的能力，别看公司门面小，其实在破楼房深处竟有800平方米的大型摄影棚，而且设施相当齐全。

试镜的场景架设在棚内的小角落，偌大的工作场所，只有这处单一的小墙角是光线明亮的，其他部分大多阴阴暗暗，勉强看得出来棚墙四周似乎悬挂着迷离的画作。

布景搭成朴实平凡的小客厅。几名操机人员已经固定好机位，只待蒋晓舞这位临时女主角正式下场录制了。

"导演，台词呢？"蒋晓舞再外行，也晓得演戏该按照剧本的指示。

"只是拍几个镜头看看而已，用不着台词。我就是要考验你的应变能力，你自己按照适当的情境发挥吧！这是一个很难得的表现机会呃！"唐总监咧开嘴笑，里面有几颗蛀牙都能数清楚。

不一会儿，劲刚就从更衣室里走出来。柏灵和蒋晓舞顿时吓了一跳。此时此刻，男主角仅仅披垂着一条大浴巾，腰间围着一条白色的小布巾，此外就别无其他了。

柏灵和蒋晓舞"刷"地转过头去，红霞爬满了灵秀的面颊："啊……你……这算哪门子的戏服？"穿这么凉快，难道他要表演脱衣舞秀？

"好啦！咱们正式开始啦！这也不习惯啊！那以后要拍去海边游泳的戏还要穿泳装的，你是不是不拍啊！"唐总监才不管蒋晓舞的别扭，硬拉着她跌坐进道具沙发。"灯光！"

"各岗位的人员就位！机器准备！"

二号机位的红灯闪烁着亮起来。

"好啦，一切就绪，大家努力吧。"唐总监拍拍手，无限满意的模样。

"等……等一下。"柏灵看着蒋晓舞可怜巴巴地坐在沙发上，用求救的眼神望着她，她慌忙扯住唐总监的衣袖，"您这到底要拍什么戏啊！晓舞她是第一次演戏，您起码也得跟她讲讲戏吧？"

"唉！找新人就是麻烦！好的演员一点就通了！真是的！"唐总监对蒋晓舞指指可以赶上菜场卖肉屠夫的劲刚，极不耐烦地说，"邵刚饰演一个年轻有为的导演，而你是那个对当明星抱有幻想的大学女生，你想接拍由邵刚导演的大片，这天晚上你就去他的公寓找他，希望他把这个女主角的角色给你演。碰巧他正好洗完澡出来，接下来的情节你们就自己发挥吧！"

剧情简介完毕。柏灵被唐总监驱逐到一边。摄影机、灯光再次开始调试，蒋晓舞的脑壳仍是一片空白。灼热的灯光让她惊慌不已。

"放轻松，若有不明白的地方，我会引导你。"邵刚无视运转的机器，一屁股坐在蒋晓舞身旁的空位上，连带点燃香烟。蒋晓舞还是第一次与近乎裸男的人坐得这么近，这下心里就更慌张了，她下意识向侧边挪开几公分："谢谢！"

"第一次面对镜头吧？"邵刚居然和她闲聊起来。

他们不是应该演戏吗？关于那部她来求他给她角色的戏？难道是前辈在拍片前有意跟她闲聊，让她不那么紧张？他还真是个好人，蒋晓舞

提起的心一下子放了下来。

"老实说，这种戏我也觉得很难演！"邵刚吐出一口翻腾的烟雾。

蒋晓舞以为，邵刚说这话的意思是怕她演不好。她急忙说道："前辈放心吧！我演戏一定会很投入的！"

"耶！你看来倒是蛮有经验的嘛，没法子，现实生活逼人嘛！"他轻佻地耸了耸肩，手臂横过沙发揉住了蒋晓舞的肩膀。

"啊！"蒋晓舞弹跳起来，肩部被他触碰的部分仿佛爬过两条蠕动的蜈蚣。

唐先生以唇语指示她："很好，赶快发脾气！"

蒋晓舞以为刚才邵刚如此轻佻是因为剧情所需，原来前辈太会导戏了，在不经意间，他们已经开始偷偷拍摄，进入剧情了，她竟还不知道。蒋晓舞立马也板起了脸，很称职地扮演起了自己的角色："导演，我是很想演这部戏的女主角，但是我希望是凭自己的努力争取到这个角色，而不是靠出卖自己……你再敢对我做出不轨的举动，我就要报警了！"

哇！演得太好了，柏灵在一旁开心得直想拍手，不由佩服蒋晓舞进入角色好快啊！

"别这样，有话好说嘛！"邵刚涎着一张脸，贼忒兮兮地朝蒋晓舞逼近。

"你……大……大胆……"蒋晓舞除了不停地大叫着"大胆"，就别无他话了，这么超级烂的表现，现场居然没有任何人喊"卡"！就在柏灵很是怀疑之际，男主角竟一把抓住了尖叫的蒋晓舞，将她推倒在沙发上，狠狠压住了她。

蒋晓舞大声尖叫："导演！你没告诉我还有打架的戏分！"

这哪是打架的阵势啊！柏灵马上领会到了不妙，这不是要拍一般的电影，她在口袋里四处搜寻手机想拨打报警电话，可是……她突然记起手机在进摄影棚前已经被唐总监收走了。这下完蛋了。

男主角和唐导演都露出了色迷迷的笑容，蒋晓舞彻头彻尾地慌了：

"不，我不要演了，我要回家！"她死命地挣扎着。

唐总监终于露出了禽兽面孔，凶巴巴地嚷着："叫什么叫，不是你说想演的吗？现在让你演女主角你又不愿意，你以为我这儿是菜园门，想进就进、想出就出啊！我的胶片可是要钱的，你演也得演，不演也得演！"

"放我回家！我不要演了，救命呀！"蒋晓舞几乎要哭出声来，而男主角邵刚则一阵狂笑，可笑声还没来得及结束，紧接着是一阵惨叫。

柏灵抓起身边的道具狠狠地砸向男主角。

男主角邵刚被砸得头昏脑涨，瞬间便从沙发上滑倒下来，柏灵则依然举着板凳如屠龙勇士般挡在蒋晓舞的前面："你们再乱来，我们可要报警了！"

"报警？你们有手机吗？"唐总监边差人扶起男主角，一边嚣张地冷哼一声。

蒋晓舞害怕得"哇"地一声大哭起来，千公吨的咸涩液体在她眼眶泛滥成灾，淹没了玉颊的平原地带。柏灵受不了地叫道："哭什么哭！等出去后再哭吧！"

"你们进来了还想出去！"说着，唐总监大手一挥，一群片场的工作人员便朝柏灵和蒋晓舞冲了过去。

一瞬间，塑胶杯子、人造水果、椅垫、沙发抱枕，甚至牢钉在地面的小茶几都成了柏灵的武器，朝冲上来的人一阵猛砸！天啊！她这次可被蒋晓舞这个死丫头害惨了。眼看就要弹尽粮绝，可以扔得东西只剩下眼前的大沙发了，可她搬不动它啊！柏灵在心中哀叹，都不知道有没有机会再见到她亲爱的家人们呢！

"喂，干什么啊！我的道具很贵的！嘿！别乱扔！"唐总监被柏灵突如其来的攻击行动打得手足无措，"你发疯了吗？嘿，那个茶几会砸死人的！"眼看柏灵和蒋晓舞这两位女力士正在拼命地抬起沙发。他妥协了，"好啦！好啦！你们两个快走吧！把我的片场都搞乱了，真是气死我啦！不想演就早点说嘛！"

柏灵和蒋晓舞依旧警惕地盯着那伙随时准备冲锋陷阵的片场工作人员，唐总监急忙挥挥手示意他们退后，"放心走吧！我说到做到！你们这两丫头太野蛮了，回家！回家！"柏灵和蒋晓舞大喜，以为自己终于安全了，两人急忙牵起手往外逃窜。但是她们可能忘了，像唐总监这样的家伙根本不能称为君子，那就更别提有马追他了，所以在意料之中，当柏灵和蒋晓舞和他擦肩而过时，他从口袋里掏出了催眠药水喷过去，她俩顿觉四肢无力、头脑恍惚，扑倒在地，失去了知觉。

"两个臭丫头！怎是我的对手！来人，把她俩拉到仓库去，这段时间我们的电影总卖不出个好价钱，不过倒可以在这些小丫头身上捞一笔！"唐总监摩擦着双手贪婪地说道。

柏灵睁开了眼，却发现眼前一片漆黑。头昏昏沉沉，好像塞满了糨糊一样。她努力睁大眼睛，慢慢适应了黑暗后，发现自己身处类似于货仓的暗房内，脚上和手上还被套上了沉重的大铁链，柏灵艰难地转动着因长久保持一个姿势而酸疼的脖子，发现蒋晓舞也正在自己身边呼呼大睡，她歪着头靠在身畔木制的墙壁上，小嘴还不时咂着，不知道在喃喃自语些什么，脸上还挂着花痴般的笑容。柏灵赶紧伸出手摇摇她："晓舞，醒醒啦醒醒啦！"谁知蒋晓舞却伸出手挥了挥，嘴里还嘟噜着："讨厌！别干扰我和帅哥演戏！要签名等会再说！"敢情！她这个时候还有心情沉浸在当大明星的美梦中。

柏灵没有办法，只有使出绝招，凑到她耳边轻轻地说道："哎呀，姜东元来啦！元斌也来了，连谢霆锋都来了……"随着柏灵说的话，蒋晓舞脸上的表情也是千变万化，一副幸福得不得了的模样，大叫道："是我的！都是我的！"接着猛地坐直身体，随后抓住柏灵，直愣愣地问了一句："柏灵，我们在哪演戏啊？为什么连盏灯都没有？"

柏灵无力地呻吟了一声："还演戏呢？我看你是失忆了，晓舞，我想，我们遇到大麻烦了！"

蒋晓舞这才开始认真打量周围的环境，突然想起晕倒前发生的一切。沉默了半晌后，她小心翼翼地带着哭腔问道："我觉得，我们似乎是……被绑架了？"

"事实上，是这样的！"柏灵给了她一个肯定的眼神。

"那么，我们就应该自救啊！"蒋晓舞激动地站起来，头一下子撞到了不高的顶部，而且觉得脚下铁链被绊住了，一个不稳扑倒在坐在地上的柏灵身上，两人同时发出惨叫声。

这时，墙壁突然响起了"咚咚"的敲击声，一个粗粗的声音嚷道："鬼叫什么呀！谁要再哭再叫，我就不客气了！"

"柏灵我害怕！"蒋晓舞哭了起来。

"别怕，晓舞！不是有我陪着你吗？"柏灵虽然也害怕，但是她强迫自己冷静下来。将耳朵贴在墙板上，她刚刚隐约听到外面有两个人说话的声音，说不定能听到一些有关怎么处理她们的事情。果不其然，外面的两个人聊起天来："今天来的小女生挺可爱的，就这么卖掉挺可惜的。"

"可别打小丫头心思啊！听说这次老大可是拍出了好价钱，要送出去的。"

柏灵大惊："这里哪是什么影视公司，分明是人贩子公司！"

听到这里，蒋晓舞哭得更厉害了："柏灵，对不起，是我害了你！如果这次我们真有什么不幸，我下辈子结草衔环也要还这个人情给你！"

"好啦！别瞎想了！他们既然要卖掉我们，就不可能一直将我们困在里面，一定要将我们运到哪儿去。只要一出这个地方，我们一定要大声呼救，想办法逃跑。听见没，晓舞？"柏灵对蒋晓舞说着。而蒋晓舞只顾着傻傻地边哭边说道："也许他们会卖我们去香港当舞女，或者卖到那些乡下，去给那些娶不起老婆的人当媳妇儿。"

"我们可以自救的，晓舞！"柏灵鼓励着蒋晓舞。

"怎么可能跑得掉，他们那么多人，又有喷了让人想睡觉的药水，我们怎么可能跑得掉！"蒋晓舞继续哭诉，"我还没来得及跟我亲爱的

SUN说我很喜欢他呢！我还没轰轰烈烈谈场恋爱，就要英年早逝了，不甘心啊！"

"行了！别瞎想了！我们现在已经够莫名其妙的啦！"柏灵简直受不了蒋晓舞丰富的想象力了。其实她心里也怪害怕的，但是晓舞现在一点主意都没有，要是她也乱了，她们就真没救了，不过……要是……万一她们这次真惨遭不幸！不行！她不能这么想，她和张龙的小小幸福刚刚开始，她怎么能这么容易放弃自己。张龙似乎在一瞬间成为坚定柏灵逃出魔穴的明灯，她要为了他逃出去。

冷风飕飕。深夜的居民社区，人车逐渐稀少，空旷寂静的街道，更添几许萧索的凄凉景象。人行道上，除了寒风卷过落叶的沙沙声，就只有夜归人的鞋跟急促敲击人行道砖的声音。

柏灵还没有回家。SUN带着墨镜在社区大门前不安地等待着。这臭丫头跑哪去了？这么晚还不回，该不是又去喝酒去了吧？她为什么这么喜欢出去喝酒呢？如果她喜欢喝，他可以为她专门请一级调酒师在家里调给她喝啊！SUN不停地来回踱着步子，脚底板都快摩擦起火了。还好，就在这个时候，SUN看见了深夜从酒吧唱歌归来的张龙。

"灵儿呢？"SUN直冲冲地问道。

"灵儿？哪个灵儿？"张龙其实知道SUN问的是谁，却故意和身旁的小枫、阿浩打着马虎眼。

SUN冲过去一把扭住张龙的衣领："你知道我说的是谁！告诉我，灵儿在哪？"

张龙试图挣扎开，却根本不是SUN的对手。阿浩和小枫刚准备丢下乐器过来帮忙，SUN猛地转过头盯着他们："谁过来，谁就别想站着走上楼去！"

小枫和阿浩顿时被SUN脸上杀人的气势吓到了，竟真忘了朝前冲。

"告诉我灵儿在哪？"SUN盯着张龙，张龙不在乎地笑："无可奉告，就算在我这儿，我也不会告诉你！"他看不惯，看不惯这个男生什么都拥有了，而他张龙为了自己的音乐事业奋斗了那么多年，却始终被埋没。他不甘心！

"你说什么？"SUN猛地挥出一拳，将张龙一个跟跄打翻在地。一直以打戏在影坛平步青云的SUN，自然也学过不少门类的技击术，起码他是跆拳道黑带高手。

还不待张龙在地上缓过劲来，SUN眼看又要冲过去。一旁的小枫连忙大声叫道："你来找张龙干吗？那个女孩陪她的朋友去大田影视星探经纪公司试镜去了！"

SUN猛地回头盯着小枫："你没骗我？"

小枫被他盯着，有些毛骨悚然："啊！是……是真的！"

"大田影视星探经纪公司"？他怎么没听说过？而且只是去试个镜，为什么现在还没回来？

不知为何，当小枫说柏灵去了"大田影视星探经纪公司"时，SUN的心就一阵乱跳——他觉得柏灵将会有危险，这是一种潜在性的预感，很难解释。

他干脆拨通电话给国内的电影圈朋友。

"老邓，你有没有听过一家名叫大田的娱乐影视经纪公司啊？"

"听说过啊！怎么，你都在内地混不下去了，要到那种三流公司去卖肉了？"对方调笑道。

"卖肉？"

"是呀！那间公司是专门拍小电影的！"

"拍小电影的？"SUN大惊，"可他明明是什么经纪公司啊！"

"什么经纪公司啊！那就是一骗子公司，专门骗那些想出名的女孩子去那里试镜，然后让少女们掉进火坑，不能自拔！"

"Shit！"他"砰"地一声摔下电话。

SUN这才忆起，曾经听起电影圈的朋友提起过，大田娱乐影视经纪公司拍摄的成人录影带行销到世界各地，东西方皆设立了这间公司的分支机构。但现在各地扫黄打击力度增大，他们大部分分支单位已经倒闭了，可为什么会在这里还有未铲除的余党呢？柏灵那个丫头居然笨笨地

跨入人家大门槛，要是想进娱乐圈，跟他说一声不就行了吗？他尽一切努力也会帮她的啊！可现在只怕她被那群鲨鱼啃掉都不知道……天啊！该死！

SUN掏出车钥匙，跳上他的三菱跑车就要走，突然张龙冲出来拦住他的车："带我去！这个城市的路我比你更熟！"

SUN盯了他一会儿，便朝他挥挥手，示意他上车，虽然他现在不知道这个男生对柏灵有什么企图，但是有一个帮手总比没有好！柏灵不能再等了！他边开车边拿出电话，请圈中的熟人，帮他查找大田娱乐影视经纪公司的具体地址，火红的三菱跑车如箭一般驶入无尽的夜色中。

柏灵手中拿着蒋晓舞的发夹，满头大汗地弄着铁锁的锁眼。

"你以为是在演武侠剧啊？一个小小的发夹真能打开铁锁？"蒋晓舞泄气地说道。

"总要试试嘛！你别动啊！"柏灵抓住圈着蒋晓舞的铁锁链，"我感觉……感觉马上就要开了！"

"能打开我跟你姓好了，从此我叫柏晓舞……"

"这名字不太好听，不过估计你以后真得改姓了……"柏灵笑眯眯地掰开蒋晓舞脚上的锁扣。

"啊——"蒋晓舞差点尖叫出声，还好，柏灵及时捂住了她的嘴巴。

"柏灵你简直太伟大了！"蒋晓舞只想抱着她猛亲。

柏灵手指放在唇边做出嘘声的样子，然后仔细听了听动静，压低声音说道："快坐好，把链子围在脚上，有动静！"

"换班了，你先去休息吧！"

"累死我了！大家都去睡了，我也该睡会儿了。记得看紧点啊！"

话音刚落，门外传来开锁的动静，蒋晓舞连忙坐好。

蒋晓舞刚一坐好，那扇小门"吱呀"一声开了，那个男主角邵刚手里端着一个大盘子弯着腰走了进来，嘴里说道："吃饭了，小姐们！"

一听到吃饭，蒋晓舞这才觉得自己肚子饿了。她一下子站起来，向前迈了一步："呀，有什么吃的呀！我早饿了！"

那男人一愣，奇怪地看着她。她感觉不对，赶紧又坐下，边迅速把脚伸到链子里边傻笑着说："呵呵，我肚子饿了，一听到吃的就太激动了！呵呵！"

男人看着端坐着的蒋晓舞，揉了揉眼睛，以为自己看花了眼，又怀疑地看了看她脚上的铁链，警惕地把饭放到一边的地上，走近蒋晓舞，半跪在地上准备检查她脚上的链子。正在他低头去看的时候，柏灵猛地起来，用自己的身体撞倒邵刚，大叫一声："晓舞快跑！他是换班的，外面没人了，赶快跑！"

"你说什么啊！都是我害了你，我怎么可能丢下你不管！"蒋晓舞颤抖地说道。

眼看被撞得眼冒金星的邵刚就要站起来，柏灵用自己的身体狠狠压住了他："这时候别讲义气了，你快跑啊！出去再找人来救我！"

蒋晓舞擦干眼泪，使劲点头往外冲去。

"给我回来！"邵刚甩开柏灵，想要追出去，柏灵却一把抱住了邵刚的腿，任他怎么甩也甩不开。眼看蒋晓舞跑得没影了，邵刚大怒，反身一把揪住柏灵的头发，"死丫头！今天就是你，害我那么精彩的戏也没能演，还被导演骂，现在你又让那个丫头给跑了，你叫我怎么交代……"柏灵的头发被扯得几乎要从头皮上脱落下来，她强忍着疼痛，狠狠地盯着他，盯得邵刚直发毛。"你还敢用这种眼神盯着我……"他用力将柏灵的脑袋扯到他跟前，狠狠地举起了巴掌，柏灵趁势猛地用自己的脑门撞上了邵刚的鼻梁，邵刚被撞得眼冒金星，柏灵的头也生生作痛。"死丫头！我今天非杀了你不可……"邵刚从腰间拔出弹簧刀。

柏灵吓呆了，在她的生命里哪经历过这样恐怖的事情。她开始大声呼喊求救，希望奇迹发生，她的王子能够突然出现来救她——"张龙！你听见没！快来救我！"

"叫！让你叫！"邵刚举起了水果刀猛地朝柏灵刺过去，柏灵反射性地闭上了眼睛，死寂的空气中传出一声惨叫，但那声音是属于邵刚

的。柏灵慢慢小心翼翼地睁开眼睛，发现眼前一个高大的身影用力扭住了邵刚的手。那身影立着的方向刚好是背对敞开的仓库大门，后面是摄影棚里耀眼的射光灯。一直处在黑暗中的柏灵无法适应突如其来的光亮，她眯着眼睛根本看不清来者是谁，但她能肯定这一定是她熟悉的人，她想也没想便脱口而出："张龙！张龙是你来救我了吗？"那身影呆住了，就在这个时候，邵刚拔刀朝他刺去："哪来的？敢管闲事！"银晃晃地刀光在那高大的身影前划过。"不要啊！"柏灵猛地站起来，扑过去，但是她脚下有铁链，踉跄着被绊倒，正欲与水泥地面来个"亲密接触"，却结结实实跌入了一个温暖的怀抱。

"没事吧！柏灵！"是张龙！柏灵敢肯定这是他的声音。此时此刻，她再也想不了那么多，死死地抓住他的肩膀，在他怀抱里放声大哭起来："我好怕啊！555555……我知道你一定会来救我的！我知道的！"

"乖！乖！别哭了！我这不是来了吗？"张龙温柔地拍着她的肩膀，安慰着受惊过度的她。

"你没有受伤吧？"柏灵紧张地在张龙身上四处摸索。

"没事！没事！"他当然没事，一路都是SUN开着他的三菱跑车，撞进这个摄影棚的。外面的一帮家伙不是被车撞得七荤八素就是被SUN打得满地找牙，哪还轮到他出手啊！"真的没事！你看我不是好好的吗？"柏灵这才放下心来，紧紧地搂住了张龙，哭得稀里哗啦，却毫无察觉，在一旁好不容易撂倒持刀的邵刚的SUN，正艰难地扶住自己不停往外流血的手臂，似乎在逃避什么似的，看了一眼背对着他紧紧搂住张龙的柏灵，便头也不回地走出了仓库，打电话报警！

他真的不求什么，只求她平安！

SUN的女友 不得不爱

辛德瑞拉的必杀技 I

第二天，各大报纸的头条几乎都是同一标题："著名的亚洲明星SUN拍摄色情小电影起纠纷！"

"SUN大哥真可怜！这都是你害的，他被冤枉了！"柏文像个小大人似的，拿着报纸坐在柏灵的床头边不住地叹息。

因为昨天的事情，柏灵请了假在家中休息。本来可以睡个大好觉，偏偏一大早被哀号声吵得无法入睡："现在SUN大哥正在受苦受难！亏我这个没良心的姐姐还有心情在这里呼呼大睡！"

"哪里来的声音？"柏灵迷迷糊糊听见有人说话，不会是张龙吧？一直陪在他的身边！想想他的怀抱是好温暖呢！她眯缝着睁开眼，以为会看见她的王子，谁知道竟是柏文那小子坐在她的床头边用"满怀深情"的眼神望着她，当然这深情的眼神是为SUN难过而真情流露的。柏灵惊叫一声，从床上弹坐起来："你！你怎么在我的房间？"

柏文白了姐姐一眼，他竟开始为SUN哥哥抱不平了，看看他姐姐要模样没模样、要身材没身材！性格还大大咧咧！有什么好的啊！要换作是他，起个早床也要将她甩掉！人啊，真是萝卜白菜各有所爱啊！

"你这是什么眼神啊！"柏灵一巴掌拍到柏文的后脑勺上，"简直就是不屑！你要知道，要不是当年那个算命先生说我要嫁给有钱人，今天就没你了！你应该无时无刻对我保持感恩的眼神！"

"没见过你这么傻的姐姐，算了，老天让我不要出生好了！免得我急出病来！"柏文夸张地说道："SUN哥哥那么好！"

"一件衣服就把你姐姐出卖了啊！你小子就是个叛徒！"说完，柏灵上下打量了一眼柏文的新卡帕运动装，一不小心看到报纸上赫大的头条，不由幸灾乐祸地奸笑，"那小子去演色情电影了！为了赚钱什么事都能做出来！"

"什么嘛！人家都是为了你！"柏文恨不得用报纸去砸老姐的木鱼脑袋。

"为了我去演色情电影！切！又不是我逼他去演的！"她想了一

下，一把抢过柏文手中的报纸，不会是那小子在新闻访问中说了什么她的坏话，故意诬陷报复她吧！她的眼睛刚接触到第一行字就觉得和SUN发生矛盾的这家影视公司的名字太熟悉了，她似乎听说过——大田娱乐影视经纪公司！让她想想！哦！想起来了，就是昨天她和蒋晓舞被骗的那家公司，一想到这里，柏灵就觉得心有余悸，可是SUN怎么也和他们发生了矛盾呢？难道他也被骗进了这家公司，哈！就说他笨吧！说不定也差点被人拐卖了，柏灵偷笑着问弟弟："他人呢？被卖哪儿去呢？"

"敢问，你昨天脑袋是不是受过刺激失忆了？"柏文没好气地看着姐姐。

"我没失忆啊！我都还记得张龙是怎么把我送回家的，他的怀抱有多么的……"一看弟弟正盯着她，柏灵立马将说到嘴边的话吞进了肚子，可脸上的甜蜜仍在。

"昨天是SUN哥哥救了你！"直到柏文叫出这句话，柏灵脸上的笑容才僵住了，"你说什么？是……是他救了我！是他！！！"柏灵愣在那里半天说不出话来。

柏文以为姐姐终于领悟到是SUN救了她，现在正在追悔莫及。看来SUN哥哥要感谢他了，他不如好人做到底，再酝酿感情继续说出SUN哥哥的千好万好！让姐姐感动地投入SUN的怀抱，那他未来的姐夫就是大明星SUN了。说出去多拉风啊！就在柏文正欲开口之际，柏灵忽然张着血盆大嘴，河东狮吼一句："你放屁！明明是张龙救了我！是他单枪匹马、杀入敌人的虎穴救了我，他是我的英雄！"

"那个打得敌人屁滚尿流的人是SUN哥哥，那个只知道抱着你什么事都没做的人才是你的英雄张龙！SUN哥哥为了你手臂都受伤了，竟还被那群狗仔队冤枉，说他去拍了色情电影，因为报酬问题跟大田公司起了冲突……"

还不待柏文说完，柏灵一把揪住他的衣领："说！他给了你多少好处，让你替他这么说好话！如果他昨天去救我了，我怎么没看见他，以他的个性，怎么也会到我面前好好炫耀一番啊！"

"我没有收他半分钱的好处，只是看不过去而已，SUN哥哥为你受了伤，今天一大早还要开记者会澄清误会！你呢？却一口一个'张龙'地叫着他是你的救命恩人！你就是心眼小，一直以为SUN哥哥因为小时候的事情想报复你！你只是一直不愿意承认自己曾经犯下的错误，所以以小人之心度君子之腹！"说完，柏文扔下报纸，走出了柏灵的卧室。

柏灵被弟弟骂得一愣一愣地，见柏文走出房间才回过神来："快出去！快出去！要是你小子再敢随便进我的闺房，就死定了！"

柏文转过头来，对他做个鬼脸："像你这样忘恩负义我才不稀罕进了！"

"臭小子！"柏灵抓起枕头就往外扔，却正好砸在从一旁走进柏灵房间的老妈脸上。

"啊！"妈妈被砸得尖叫一声："你是不是见我要进来故意的？"

柏灵手足乏力地躺回床上："随便你怎么认为吧！"

她现在好迷茫，不知道是不是SUN昨天真去救过她。难道真是太害怕、太恐惧了，所以没有注意到SUN？她开始回想昨晚发生的一切。邵刚要对她下毒手，一个人影死死抓住了邵刚的胳膊，在她大叫张龙的名字后，邵刚拿着刀扑向那个身影，她想过去制止，却被脚下的锁链绊到，差点倒在地上，是张龙接住了她。是呀！这些动作都是在一瞬间中发生，张龙不可能在几秒钟之内夺下对手的匕首，然后放倒对方，再用光的速度去接住她。那照这么说，接住她的是张龙，与邵刚搏斗的就另有其人。可她那时候太害怕了，见到张龙又太高兴了，完全没有注意到身旁还有另一个人的存在。可是……应该只有张龙一个人知道她去了大田娱乐影视经纪公司啊！SUN是不可能知道的！其实事实已经很明显了，可她心里不知道为何就是不愿意承认是SUN救了她！

"怎么，不舒服吗？"柏灵老妈看着女儿发呆，有些担心地摸摸她的额头。

"妈！真是SUN救我吗？"她翻身将脸埋进枕头里。

"是呀！"妈妈理所当然地说道。

第五章 SUN的女友

不得不爱

"可是他并不知道我在那儿。"柏灵强辩道。

"他每天都会在楼下守着你回家。那天晚上你喝醉了，很晚才回，也是他一直在楼下等着你，接你上来的！你爸妈都没那么好！你看这么好的人你到哪里去找？人长得帅，多金，又有名气，出入有豪华车……"柏灵老妈一说又扯到柏灵的豪门婚姻上去了。

柏灵不耐烦地打断她："老妈说重点！"

"哦！昨晚他照例在楼下等你，可是一直等到对面那个叫张什么的回家也没见你回来，他担心你出事，便和那个叫张什么的发生了冲突，结果就得知你在大田娱乐影视经纪公司。他便立马四处打电话，得知那家公司是家色情电影公司，他估计你肯定遇到了危险，就飞车去救你了——对了！女儿，你原来好像对当明星不感兴趣啊！为什么现在要这么积极投身演艺事业，是不是因为你喜欢SUN，又怕自己配不上他，所以才想默默进入娱乐圈发展，希望和他平起平坐，不会自卑。其实你不必这么想的，我感觉SUN这个孩子很单纯，不会有门第成见的！"

柏灵真是佩服自己的老妈，怎么说什么都可以绕到关于她未来的终身大事上去呢！

"他现在人在哪里？"柏灵觉得于情于理她都应该当面谢谢SUN。

"唉！"谁知她老妈叹了口气："一大早就被公司叫回去开记者见面会了，走的时候还因为左臂的刀伤有点发炎而发烧了，等会儿又要面对一群记者的狂轰滥炸，可有得受喽！"

SUN真为她受伤了！就在昨晚与邵刚搏斗的时候？柏灵听到这儿，就像被针扎了一般从床上弹起来："他在哪儿开记者会？"

"那我怎么知道，我又不是他的经纪人！"老妈说得振振有词。

柏灵翻身下床，边穿衣服边在报纸上寻找SUN开记者会的地址："明星经纪公司大楼！"她不能让SUN蒙受不白之冤，他根本就不是拍什么色情电影和大田发生了冲突而受伤的，他是为了救无知的她！柏灵穿好衣服抓起自己的背包就往外冲，吓了老妈一大跳："你要去哪儿？"屋子里已经消失了柏灵的身影。

柏灵急匆匆地跑下楼，和正要上楼的张龙撞了正着，张龙一见是她，温柔地询问道："柏灵好些没？还害怕吗？昨天你一直紧紧抓住我不松手！"

"昨天是不是SUN也去了大田，打败了那些坏蛋救了我？"柏灵急急地询问。

张龙似乎在内心挣扎了一番，才点了点头。

"真是他救了我！"柏灵懊恼地拍了拍自己的脑门，她不能欠他这么大的人情，她一定得帮他解释清楚整件事情。柏灵招手拦下一辆出租车："去明星经纪公司大楼！"

"柏灵！"张龙在身后叫住她，似乎想要说些什么。

"有事吗？"柏灵看着他，可大半的身体已经钻入出租车内。

张龙突然在她额头上亲亲一吻："记着！以后我会保护你，因为从今天开始，你就是我的女朋友了！"

柏灵愣住了，计程车载着她飞驰而去。

SUN的新闻发布会在明星经纪公司的8楼会议大厅举行，会场内记者们把位置坐得满满当当，似乎一夜的时间，全国的媒体都聚集到了这里，就连日本和韩国的电视台也派驻地记者赶了过来。整个记者会的现场议论声和提问声一片，SUN的助理们不停地维持现场秩序，希望大家安静，记者会才得以顺利进行。但是闪光灯在不停地闪动，在SUN的眼前晃动，SUN的脸上再也没有了阳光少年的灿烂笑容，整个人疲惫地坐在那里，不时地用手掌抹着自己的脸。

"SUN，你为什么会接拍色情电影？难道你还觉得自己不够红吗？想一脱让自己更红？"

"SUN，你的戏路一直以轻松喜剧的功夫片为主，你接拍色情电影是不是想转型？"

"你接拍色情片是不是因为家里欠债需要还钱？你为什么和大田合作，却又发生矛盾，是不是他们没有兑现你事先说好的片酬？"

　　SUN面对这些七嘴八舌的记者不知该如何作答，他几乎想在这时候放弃他的明星生涯。SUN的经纪人杨樱拍案而起，下面的记者顿时一片安静。杨樱美丽的眼眸在会场环顾一周后，冷冷地说道："我们今天请你们来是想解释到底发生了怎样的误会，而不是请你们来这里开编故事的大会！我想外面还有很多SUN的支持者们，想知道SUN到底发生了什么事情，如果你们不愿意安静下来听我们说，我们就将记者见面会改成歌迷影迷见面会，相信他们会比你们体谅SUN！"说完后，杨樱坐了下来，看见会场一片寂静，才示意主持人开始。

　　SUN感激地看了杨樱一眼。如果没有她，估计下一秒钟，他就要失去控制拍桌走人，管他们怎么写去，反正他问心无愧。

　　杨樱微笑地在桌下安慰地拍拍SUN的手，轻声说："一切都会好的！"

　　SUN点头，觉得自己确实没有选错内地的经纪人。杨樱绝不是那种空有外表、混迹在这个圈子里的人，她行事果断，对任何事情的分寸都可以掌握适度，而且在圈子里人缘甚好，每次活动的策划也新颖，由她代理的明星，可以在最短的时间内走上事业的巅峰。所以有很多明星都希望在她旗下发展，可她还不是每个明星都愿意接。当时SUN想到内地发展时，他所属的韩国经纪公司就曾和杨樱接洽了多次，杨樱都没有满口答应接下SUN。最后还是公司安排了他们一起吃饭，SUN诚心地表示希望和杨樱合作发展内地市场，并且加上很不错的分成合约才促成了这件事。那时的SUN很不服气，他不相信一个长着芭比娃娃脸庞的女人能做什么大事，但是经过和她一段时间的合作后，他对她不得不服！就拿今天的事来说，她可以分分钟搞定这些难缠的记者，这是他学十年都难以学会的。

　　主持人见记者们都静了下来，便开始对SUN昨天所发生的事件进行解释："是这样的！昨天SUN在得知他的粉丝去参加了大田公司的试镜后，立马开车来到大田公司。我们这个圈子里的人都知道，大田公司就是一个色情电影诞生地，可是单纯的小女生不知道。而我们的SUN是出了名的爱护自己的粉丝，所以单枪匹马冲进大田公司里救下了那名幸运的女孩子。更值得庆幸的是，大田公司正准备贩卖一批同样是以试镜为理由绑架来的女孩去外地，是SUN赶到后破坏了他们的阴谋，让警察一举端掉了这个黑色窝点！事情发生就是这样的。所以说，SUN根本就不是因为参加了色情电影的演出和大田公司产生了矛盾。希望大家不要毫无根据地猜疑了！我们SUN在亚洲可算天王级的人物，没必要拍那种下三滥的电影！"

一位八卦记者似乎非要挖出SUN是在演色情电影才甘心，看来这个时代，没有点轰动性的新闻，记者还真难混下去。"我觉得你们说得很像SUN拍的动作电影啊！我知道SUN在影片中是个功夫好手，可是在现实生活中还不知道他真有这么大的本事，可以孤身一人闯虎穴，就为了救一个他的粉丝！这简直太有故事性了！你们这样的故事能让大家信服吗？"听到这里，众记者又七嘴八舌地说开了："是呀！那女孩子怎么联系上你的呢？"

"你和他很熟吗？她有没有在大田遭遇到什么不测？"

SUN猛地一下站了起来。是呀！这个故事编得太没水准了，他确实不是去救自己的粉丝，他是去救自己喜欢的女孩而已。有什么敢做不敢当的？SUN想澄清昨天所发生的一切，他不能容忍这些记者在报纸上添油加醋地乱写柏灵一通。就在这个时候，大门被猛地推开了，巨大的声响吸引了所有人的目光。门外站着一位喘着粗气的女孩，头发乱乱的，好像刚从被窝里爬出来一样，她抚了抚自己上下起伏的胸脯，深深地吸了口气，大声说："SUN没去演色情片，他是因为救我才与大田娱乐影视经纪公司发生矛盾的！你们不要冤枉他！"

女受害者出现了。记者自然转移了目标，如发现了外星人般，全部涌了过去，纷乱的闪光灯几乎闪盲了柏灵。

"小姐！你是不是被逼演了色情电影？"

"作为SUN的粉丝，你是不是故意跳进火坑，引SUN来救你？"

"出演色情电影？他的粉丝？"柏灵迷糊了。

"是呀！听说SUN还为你受伤了？"记者继续追问。

杨樱一看SUN的误会有机会澄清了，连忙说道："是呀！她就是SUN所救的粉丝，她今天就是来感谢SUN的！"

"那你就真是那个演了色情电影的女生了？"

谁演了色情电影啊？柏灵的肺都气炸了。她也不是SUN的什么粉丝！

杨樱接着说道："所以，我们代表SUN在这里提醒每一个少男少女，当明星不是那么简单的，趁年轻要把重心放在学习上，不要抱着自己的明星梦到处去试镜，如果遭遇到骗子公司，会给自己和家人带来不必要的麻烦，有时甚至牵连到自己所喜欢的明星！"

柏灵诧异了。才多大一点时间，事件就突然转变成她是SUN的粉丝，出演了色情片！敢情SUN一下变成英雄人物，深入虎穴救了她这个泥足深陷的少女！这是什么世道啊！SUN那小子竟然为了澄清昨天的误会，编了个故事把她给卖了！她还傻不拉叽地跑过来被一群记者拍特写！如果报纸上真这么登出来了，她以后还怎么见人啊！SUN！她早应该知晓娱乐界混合了太多名利欲望的黑暗，她本就不该奢望SUN仍然保存了"鼻涕泉"单纯的本质，既然如此，对于这次SUN为了保全自己而牺牲她的做法，她也不应该感到意外了！柏灵冷冷地目光穿过记者重重的包围直直射向SUN。

刚才那位对于SUN的解释第一个提出质疑的八卦记者，又开始发问刁难柏灵："小妹妹，我觉得以你的姿色和身材，演色情片是绝对不可能出名的，可你为什么还想借用演色情片这个跳板进入娱乐圈？你进入影视圈的目的就是为了SUN吧？"

"你……"柏灵的眼泪几乎要掉出来，她想逃可就是移动不了脚步，记者们将她里三层外三层地团团围住，她连气都快喘不上来了。

八卦记者继续咄咄逼人地追问："你演一部色情电影……"还不待他这句话问完，就被一铁拳打到一边凉快去了，柏灵抬起闪着委屈泪花的眼睛，在他眼前的竟是SUN……是SUN打了那个八卦记者！所有的人都愣住了，包括杨樱。她从没见过有这么冲动的明星，明星打记者可是大忌，只要被各大媒体播出这则消息，SUN的名声就会扫地，他会被谴责成为一个脾气暴烈、没有职业道德的艺人……天！他竟然放弃了自己的大好前程，只为了这个看似平凡的小女孩。

SUN挡在柏灵的面前："我请求你们不要再拍她了，她是无辜的！她没有任何错，她也不是我的粉丝！她与这件事情一点关系都没有！"

"可是……你们的话不是前后矛盾吗？这位小姐刚才不是承认是你救了她吗？难道这件事的背后还有什么隐情，或者您真参与了色情片的演出？"记者继续问。

"你想说我演了什么就演了吧！任何事情不都是你们写出来的吗？你们想怎么写就怎么写吧！只是不要再为难她了，她所说的话都是我要她说的！你们得到了满意的答案就放她走吧！"SUN极力保护着柏灵，他知道会是这样，这些记者不把柏灵剥一层皮是不会放过她的。

"那就是您亲口承认，是因为拍摄色情电影和大田产生纠纷的？"记者的句句话都在逼SUN就范。

"对不起！我估计大家不知道这个女孩与SUN的关系！我想是时候告诉大家了……"杨樱突然对着前台的话筒大声说道。

"关系？"记者对这个敏感的词语更感兴趣了，马上又将注意力转移到主席台那边。

"关系！"柏灵和SUN面面相觑。

"这个消息本不应该公开，因为对于整个亚洲的女性来说，这都是个极坏的消息！但是这种情况下我们又不能不公开……"杨樱顿了一下。

柏灵也紧跟着吞了口水。她感觉到即将有大事要发生……

"这个女孩子——是SUN的女朋友！"杨樱大声宣布。

"女朋友？"柏灵和SUN被震撼得无言以对。这是什么时候的事情，怎么他们两个当事人都还不知道呢？

"所以他们俩在极力保护对方，难道这点你们都没有看出来吗？我

不得不爱

们刚才说她是SUN的粉丝，完全是因为这个女孩子就是我们公司一直在寻找的灰姑娘，她就是SUN现在所就读的蓝园高中的学生。SUN和这位女孩子在新生接待会那天一见钟情，SUN还当场拥抱了她，这个消息你们可以到学校去求证。SUN的新专辑《灰姑娘奇遇记》是由他自己监制的，对于他自己选择的与他有一首情歌对唱的灰姑娘，我们经纪公司完全支持！昨天我们的女主角无意中陷入了骗子公司的陷阱，SUN不顾一切，闯入虎穴解救了自己的女朋友，却被记者误解为出演色情电影与大田公司发生纠纷。女孩怕SUN蒙受不白之冤，所以赶来澄清一切。而这位记者呢？却毫无职业道德，在无凭无据的情况下诬陷她去演了色情片。当自己心爱的人蒙受了这样的不白之冤，我相信在座的每一位都不会沉默。所以我只能说，SUN今天的冲动是属于一个正常人的反应，希望大家都能够理解，如果SUN的过激反应真给这位记者先生带来了伤害，我们公司将完全赔偿他所受的损失！"

上帝啊！柏灵敢保证他和"鼻涕泉"真的什么关系也没有！记者们请不要用这种目光看着她啊！"鼻涕泉！"柏灵恶狠狠地一个字、一个字咬牙切齿地吐出来。

SUN一脸的无辜："不是我的主意！灵儿你相信我吧！"

"我就是因为太相信你！现在我的名誉都毁在了你的手上……今天要不是你死就是我亡！"

什么呀！难道当他的女朋友有这么丢脸吗？看她那副要同归于尽的模样！他也很无辜啊！他没想到杨缨会这么说，不过现在最重要的问题是马上离开这里，否则还不知道这些精于杜撰的记者会编出怎样惊天地泣鬼神的故事来呢！SUN一把抓住柏灵的手欲逃出会场，却被早有防备的记者团团包围住。

"快，大绯闻，SUN为了保护自己的女朋友打了出言不逊的记者！"

"这位灰姑娘叫什么名字？"

记者们迅速控制了全场，七上八下的吼声几乎瘫痪大家的听觉。

柏灵完全呆掉了。

触目所及，只有陌生面孔、闪光灯，和更多闪光灯。

"这位小姐，请问贵姓？"一根唐突的麦克风差点塞进她的嘴巴。天呀！这到底是出了什么事？

"你怎么能不经过我的同意就乱发布这样的消息！"SUN在杨樱的办公室里拍桌跺足。

杨樱不以为然地说道："你还没有经过我的同意打记者呢！"

"是他活该！"SUN愤愤地说道。

杨樱无奈地摇摇头："SUN，你在这个圈子里这么长时间，难道还不知道它的规则吗？媒体是不能得罪的！"

"可他污蔑了灵儿！"SUN指了指坐在办公室角落里梨花带泪的柏灵。经过昨天和今天的双重惊吓，她的意志力已经完全崩溃了，坐在那不停地抽泣。

她这是得罪了哪路神仙啊！为什么老天要这么惩罚她！柏灵在心中哀鸣。自从与"鼻涕泉"再次相遇，她就没一天好日子过，不是掉进水里，就是差点被骗去卖掉，接下来又几乎被那群疯狂记者们挤压成肉饼……那"鼻涕泉"还敢口口声声说他不是回来报复她的！现在他又联合公司诋毁她的名誉，说她是他的女朋友，实际上是想借刀杀人。也不想想，这世界上有多少狂热女性喜欢他，现在她得到了这些女人梦寐以求的位置，还不是有一票人要绑着炸弹找她同归于尽！这"鼻涕泉"果然不是泛泛之辈！

"'鼻涕泉'，不管怎样你要还我的清白！要不然我死给你看！"柏灵终于抬起头对SUN大叫一声。

"好！我马上让他们发布澄清消息！"他望向杨樱，杨樱冷静地说道："这不可能！"

"你！"SUN拍桌而起。

"SUN你先去一趟录音棚，听听你昨天录的那首歌的效果！你让我

不得不爱

单独跟柏灵谈谈，好吗？"杨樱真诚地看着SUN，"我会找一个对大家都有利的方法解决问题！"

SUN看了看柏灵。柏灵本来就对杨樱的第一印象不错，自然是点点头。SUN乖乖地走了出去。他刚带上门，杨樱就微笑地看着柏灵："小妹妹很可爱，很勇敢，确实和很多女孩都不一样！怪不得SUN会为你甘愿放弃他的大好前程！"

"啊！"柏灵没想到她开口就会跟她说这个，反倒让她有点不好意思了。

"唉！看来我这次为SUN辛苦策划，全都要白费了，没想到他会这么不顾一切！"杨樱摇摇头，"我从没有见过像SUN这样任性的艺人！我估计，经过这次打记者事件后，他不但在国内的经纪公司做不下去，就连回到韩国公司也会被'冷冻'起来！"

"真有这么严重吗？"柏灵虽然打从心底不喜欢SUN，但也不希望因为这件事情，SUN被打进深谷，那她岂不又成为最大的罪人了。

"也罢！难得有一位艺人这么重感情，为了自己喜欢的人能够放弃一切，这又有多少圈中艺人能够做到的？也许注定SUN就不应该属于演艺圈！可惜他爸爸死得早，他根本没有任何经济来源，也没能读上大学。你说他如果不再当明星，又怎么能生存下去，毕竟也和他合作一段时间了，还真有点为他担心！"

痛处！痛处！似乎全天下的人都知道她柏灵的痛处在哪里！他爸爸又不是她开车撞死的，他没有美好的童年又不是她一手造成的！但为什么每次说出来却是牵制她心的最好办法。柏灵低头了："姐姐，我如果答应对外说是他的女朋友，他就可以安全了吗？"

杨樱似乎早就料到她要说这句话："当然！如果我们对外宣布你是他的女朋友就好办多了，虽然SUN会失去一部分的歌迷和影迷，但是他的痴心形象也必定可以吸引另一部分人群的喜爱，而且有人侮辱他心爱的人，他才动手打了记者，这样我们对外发布新闻就顺理成章了。你说呢？再说白点，这也是个卖点，你和SUN共同完成这张《灰姑娘奇遇记》的专辑，也可以充分体现这盘音乐带的价值，你将代表所有想成为'灰姑娘'的女孩去完成她们的梦想！怎么说呢？这张专辑一定会大卖……你的出现会将SUN推上另一个高峰！"

柏灵妥协了。就算是还她小时候欺负"鼻涕泉"的债吧！也许等她完成这个使命就再也不会有噩梦了！更何况确实是SUN将她从人贩子手中救了回来，她不是那么不讲义气的人。"我答应了！"突然她又如想到什么似的，急忙问道，"我不会是他一辈子的女朋友吧？"

杨樱惊奇地看着这位视SUN为蛇蝎的女孩："当然不会了，等SUN新专辑面市后，我们会发布消息你和SUN分手！当然分手的理由我们会思考妥善，不会让你们俩受到外界的争议！"

柏灵仿佛松了好大一口气："那就行了！"

杨樱笑了："你和SUN之间真没有任何关系吗？SUN为什么会为你不顾一切！"

柏灵一听大惊，那表情看上去就像警察冤枉了她与杀人犯是同谋一样："真的！我发誓我跟他一点关系都没有！"

"可是……SUN他……"

"拜托！没有可是……"柏灵眨眨大眼睛，一脸的认真。她真不知该如何解释了。难道她和那个恶心的SUN看上去就那么有夫妻相？想到这个问题时，柏灵感觉自己全身发麻。

杨樱愣了一下，似乎放心地笑了一下："那就好！"她将一个红色的小盒子递给她，柏灵愣了愣，打开一看竟是一对太阳造型的钻石情侣戒指。柏灵欢喜了："这个不会是给我完成这个任务的报酬吧？是真钻石的吗？"她只差拿起来咬咬看了。

杨樱一脸的受不了："这个是你和SUN的情侣戒指，在完成这张专辑之前，你们必须带上这对戒指以表示你们情侣的身份！"

怪不得！娱乐圈里喜欢在艺人出专辑前故意制造一些绯闻。这些经纪公司真是了得，连道具都给准备好了，好像真有那么回事似的，娱乐圈可真是虚伪到家了。柏灵由衷地佩服！极不情愿地拿出一枚稍微小一

号的太阳戒指扔进自己的口袋。

"必须得带吗？"

"是的，从现在开始你必须带上它，因为刚开始进行《灰姑娘奇遇记》专辑的宣传时，便对媒体宣布，SUN找到的灰姑娘，肯定会为她带上这枚骄阳戒指！"

柏灵无奈地从口袋里取出戒指套在了中指上。

"不要搞丢他，戒指是要还的！"

"我知道了！"柏灵突然想起什么问一句，"我搞丢了会让我陪吗？"

"当然！"

柏灵皱眉，感觉这些大牌经纪公司为什么会如此小气。

"因为……这个戒指对我来说很重要！"杨樱补上一句。

"为什么？这个不是SUN的戒指吗？"

"是！SUN要戴在他最爱的女人手上的戒指，却是找我当手模打造的！"

"你跟他？"

"我还要提醒你，不要和SUN认真，也不要把这次我们发布的消息当真，你和SUN永远都不可能是一对的！因为你们根本就是两个世界的人！"杨樱的态度咄咄逼人。柏灵现在看她，觉得她不那么讨人喜欢了，这人干吗要对她有敌意啊！她柏灵又不是什么经纪人，会从她这挖走SUN。真是的！不可理喻。柏灵耸耸肩往外走。杨樱接着说道："其实从SUN和我第一次吃饭开始，我就决定把他捧为一个超级巨星，原因是我喜欢他，他也将是我捧的最后一个明星，因为我要将他收于囊中！"

"啊！"柏灵大惊回头。

"你不能接受？"

"只是觉得很奇怪。为什么你喜欢他，还会对外宣布我是他的女朋友？"柏灵糊涂了，要是她喜欢一个男生，才不愿意他身边有任何的女生呢!

杨樱耸耸肩膀,不以为然地说道:"一个成熟的女人和一个小女生喜欢的方式是不同的,你们的方式是占有,而我们的方式是牺牲,不管付出多少,只要能让自己所爱的人幸福!"

好伟大而纠结的爱情——柏灵的心里不由为身在娱乐圈的人感到悲哀。

刚走出明星经纪公司的大楼,柏灵的手机便响了,那头传出柏文夸张的歌声:"恭喜!恭喜!恭喜你啊!恭喜!恭喜你!"

不听到这声音还好,一听到柏灵几乎要爆发出来。"小子!都是你害的,是你让我去他的新闻发布会的,说,是不是你跟他串通一气?"

"得了吧!反正现在电视一播出来全世界都知道了,姐姐你就认命吧!SUN哥哥有什么不好的?"

"他这么好,你嫁给他去!"

"我要是个女生就跟你抢了,谁知造化弄人!柏文乃是个男儿身!"柏文说得悲凄凄的。

"去死!"

"老姐!我建议你去做做面膜,在电视上看你有好多黑头呢!特别是鼻子,看起来像个草莓!"

"电视?我什么时候上电视了?"柏灵莫名其妙。

"你都不知道!早上SUN哥哥的记者招待会是现场直播的,你就那么闯了进去!然后SUN哥哥为保护你打了记者,再然后是经纪公司宣布你是SUN哥哥的女朋友,全过程都在电视里播放了,妈妈在家看了,连叫三声万岁,差点没激动得晕过去……"

"真的?"柏灵颤抖地问道。她以为只是广播里播出了,也许明天报纸会登出来,但谁知道,连电视也有了现场直播,天啊!又不是奥运会,没必要吧!

"那老妈现在呢?"

"正往你那边赶过去了，算下时间，应该快到了，像她那么高调的人，怎么能错过这个露脸的机会？"

"天——她为什么总是唯恐天下不乱！"柏灵挂断电话，决定立马离开这个是非之地，可天不随人愿，老妈喜笑颜开的大脸出现在她身后："去哪啊？"

"回家！"

"你现在不是应该留在SUN身边吗？他是你的男朋友，作为一个优秀男人身后的女人，你应该默默地站在他身边支持他。"

柏灵受不了，捂住耳朵："要站你自己站他身边去，我要走了！"

"你去哪儿？是不是和那个叫张龙的家伙约好在哪儿碰面？我今天发现他很早就出门了，平时他到晚上7点多才离开家的。"

"你在说什么啊？"柏灵无力地嘘一口气，感觉老妈就像个超级间谍。

"我告诉你，我是不会再让你和他见面的！"柏灵的老妈双手放在胸前，恶狠狠地说道。

"为什么？"柏灵问道。

"因为……因为他不适合你！"老妈大吼一声。

"那就是说，只有SUN适合我了，他是明星，有钱嘛！"柏灵冷笑。

"好！我们不谈SUN！你说说，你除了知道他叫张龙，在酒吧里唱歌，除此之外，你还知道他什么？家庭背景呢？父母是干什么的？在酒吧唱歌之前到底做什么？你了解吗？"

"说来说去，你不就是想了解人家家里有没有钱吗？你真是一身的铜臭，根本就不懂感情！"柏灵将一天所受的委屈统统发泄出来，她直直盯着眼前的妈妈，就像在看一个陌生人。

"你……你说什么？"老妈气得连头发都快要竖起来了。眼看校园里就要上演一场家庭暴力片，就在这时，一群埋伏在四周的记者，已经不甘于只是偷拍，瞬间如蝗虫一般扑向了她们。

还未等到柏灵搞清楚状况，已经有无数话筒如冰淇淋般，直冲冲地伸到了她的嘴边。

　　"说说你和SUN认识的过程好吗？

　　"你是不是从没意料到SUN会选你为灰姑娘？"

　　"你觉得自己配做万里挑一的灰姑娘吗？"

　　"现在成了灰姑娘，你内心有什么想法？"记者的问题一个个像连珠炮般发射出来，让柏灵无从招架。还是她老妈有经验，马上开始指挥起记者来："一个个问题来，一个个问题来。你们七嘴八舌，柏灵怎么回答啊！"

　　记者奇怪地打量着这个顶着火红色鸡窝头的中年妇女，继续对柏灵狂轰滥炸起来："听说因为灰姑娘事情曝光后，SUN已经决定暂时放弃在蓝园高中的学习生活。你觉得这样会影响他考中国传媒大学吗？不觉得……"

　　太气愤了，竟敢当未来巨星的丈母娘为空气？！完全不给她上镜的机会，那让她怎么去亲戚和左邻右舍面前卖弄！柏灵老妈一声巨喊："我是她经纪人，有什么问题问我……"没人搭理，柏灵老妈继续叫道："我是灰姑娘她妈……"齐刷刷地，所有记者的目光都集中在柏灵老妈身上："您是柏灵小姐的妈妈？"一位记者问道。

　　"Yes！还是SUN未来的丈母娘！"终于被人关注了，柏灵的老妈开心得快不行了，用手不停地整理着自己的头发。

　　"有几个问题可以问您吗？"记者试探地问道。

　　"问！问！问什么都可以！我很开心接受采访！"柏灵老妈堆着满脸的笑。

　　对于像哑巴一样半句话都不会回答他们的柏灵，记者还是比较有兴趣在灰姑娘的老妈身上挖掘点新闻。

　　"你知道您的女儿成了新世纪的第一个灰姑娘吗?"

　　"知道！知道！其实你们都不知道内幕的……在很久以前他们已经就是青梅竹马了……"

　　汗！柏灵差点晕过去！可记者们越发感兴趣了，不停地给柏灵的老妈拍着照片，老妈也配合地摆出各种自以为很妩媚的姿态。

　　记者们的提问声不断："那就是说，他们的感情是从小就建立的了！您那时怎么看待他们两小无猜的感情？"

　　"我很支持他们！但是那时他们太小了。所以我许诺让他们长大在一起！"

　　柏灵掩面，恨不得把老妈曾经的种种恶行全部曝光。天啊！谁来救她啊？柏灵感觉就快被这群人包围着窒息了，周围看热闹的人也渐渐多起来，一层层包围住了她们。声音嘈杂得像菜场，大多数的观众指着柏灵鄙夷地说道："这就是灰姑娘？确实是个不起眼的灰姑娘！哈哈……"

　　柏灵只觉得自己的脑袋就要爆开了，老妈却还在热心地接受着采访，一脸的意犹未尽。她想离开！可她该怎么突出包围呢？就在这个时候，她身后有一股力道将她整个人都拖出了人群。不待她反应过来，已经被强行拉进了明星经纪公司大楼背后的绿化林中。所有的焦点都在她明星老妈身上，根本就没人注意到她的凭空消失。她的脊背一阵发凉，又被绑架了吗？怎么这么倒霉啊！不行！她得自救，但是她的嘴巴被胁持她的人紧紧捂住了，她无法大声叫唤。怎么办？怎么办？突然柏灵整个人猛地跳起来，想用头去撞后面那个人的脸部，谁知道却换来她后脑勺的一阵生痛。妈妈呀！铁脸怪啊！什么脸啊！差点没把她的后脑勺撞破。身后的人见柏灵撞了脑袋，急忙放开她。柏灵连忙和他拉开距离，要绑架他的人戴着机车的黑色安全帽，全身皮衣，看不到他的脸，但是柏灵敢肯定，电影里的变态杀手都是这个打扮。

　　"你想干吗？"柏灵颤抖地问道。

　　那戴安全帽的家伙竟然逼近她，低沉地声音说道："你是SUN的女朋友？我也喜欢他……所以我不会放过你！"

　　啊！SUN那家伙难道就这么有魅力吗？男女皆不放过！怎么办啊？她要死翘翘啦！都是那该死的SUN害的，她就知道，他是回来报复她的!

柏灵想跑，但是不知道为什么就是迈不开步子，不知道是不是刚才撞晕了的原因。"你别过来啊！要不然我可要叫人啦！"

戴着安全帽的家伙一副不怕天不怕地的模样，继续走向她，还朝他伸出了手。

"妈呀！"柏灵失声尖叫，"SUN！"当她叫出这个名字时都被自己吓到了，她竟然叫的是SUN而不是张龙！这……这不能怪她，这是因为记者今天重复SUN的名字太多次，所以她才会条件反射叫错的。

谁知道，戴安全帽的家伙，似乎听到这句话后兴奋了，一把死死地抓住了柏灵。天哪！没政府了，当众绑架！柏灵心慌得胡乱挣扎。

"灵儿——是我！SUN！"戴安全帽的家伙忽然开口说道。

"是你！"柏灵在看清他的样子后，真想杀掉他。她生气地抬腿踢这臭小子。什么时候把她小时候的本事学会了，会捉弄人了，"真变态！没事戴什么安全帽！"

"哈……哈……哈！"SUN忍住笑意，"我骑机车啦！"他指指停在一旁的哈雷机车。

"你……真无聊！"柏灵白他一眼。

"可刚才我听到你在叫我的名字求救呢！"SUN用他足可以电死眼前任何一只苍蝇的眼神盯着柏灵。

柏灵的脸红得一塌糊涂："我是准备骂你的，才不是叫你的名字求救呢！"

"不管怎样，在最关键的时刻你想到了我，就算是骂我也开心啊！"

油嘴滑舌——柏灵早就知晓他已经不是曾经的SUN。娱乐圈混合了太多的暗秽，他能在纸醉金迷中混迹到现在，她自然不奢望SUN仍然保存了曾经"鼻涕泉"的本质。她不愿再与他多说，转身准备离开，却被SUN长手长脚地圈住了脖子，嘴里还嘟囔着："灵儿……不要扔下我嘛！"柏灵一怔。多么熟悉的情节，就如时光倒流般——回到小时候，

回到那个她将SUN反锁在无人居住的小屋里一天一夜后，被邻居发现救出他的那一天，她躲在人群中偷偷地观察，她也害怕SUN会出什么事。当她看到SUN像小乞丐一样被他爸爸从小破屋里抱出来时，她放心了，确定他没什么大碍后，她便准备回家，却不知怎么被SUN发现了。SUN从爸爸的怀中挣脱出来，一把在人群中拉住柏灵，死死地用双臂缠住她的脖子，就如在水中抓住一根浮木般，紧紧地拥住她："灵儿……灵儿！我好害怕！你不要扔我在黑房子里，里面有好大的老鼠，还有虫子……我饿我好！"柏灵看着脏兮兮的SUN，害怕得要死，连忙大声呼救。SUN的爸爸连忙跑过来想拉开SUN，可是SUN死也不撒手，直到好多人都跑过来帮着掰开SUN的手，SUN仍然用惊恐的蓝眼睛盯着柏灵："别扔下我，灵儿！别扔下我！"柏灵当时都被吓哭了，所以直到现在，那双恐怖的蓝色眼睛还时常在柏灵的梦中以各种形式出现。

"放手啦！"柏灵一口咬在他的手臂上，

"啊——"SUN痛得上下直跳。

"喂！你以为我是鳄鱼嘴啊！咬一下至于这么夸张吗？你演戏给谁看啊？"柏灵以为SUN是故意装模作样博取她同情，便毫不客气地白他一眼。

SUN勉强挤出一丝笑容："我还以为可以骗过你呢！谁知道你这么聪明！"

"那是……"柏灵骄傲地仰起下巴，却发现SUN脸色惨白，往外冒着冷汗。她收住了得意的笑容，跑过去一把掀开SUN的袖子。虽然被纱布裹了一层，但是柏灵却依稀可以看见一条长长的刀痕，"这是你昨天为了救我留下的？"

SUN呵呵地笑："没事……这点小伤！算不了什么！"

柏灵看着他的伤口有些哽咽："你……你为什么总要让我感到内疚……你是故意地，是不是？"说完，一滴泪珠已经滑出了柏灵的眼角。

SUN呆在那里，半晌后才伸出手来接住柏灵脸庞上划落的晶莹泪珠：“你……为我流眼泪了？”他有些不可思议。

"笨蛋！我去给你买云南白药。"柏灵没好气地抹干眼泪，转身便跑去对面的药店买回纱布和药膏，慢慢拆下他手腕上的纱布，小心翼翼地帮他流血的伤口擦着药水，那动作轻柔得似乎在擦拭一件稀世珍品。她皱着眉头不停地问："会疼吗？"药水染在伤口上一阵阵钻心地疼，但是SUN依然幸福地笑着："有你擦药，被砍十刀也是愿意的啊！"

柏灵故意将药棉用力按在SUN的伤口上，SUN尖叫，她坏怀地笑道："你再瞎说，我就在你伤口上撒盐！"

"你在关心我！"SUN盯着柏灵问道。

"对不起！"柏灵忽然抬头对SUN说道。

"咦？"SUN愣在那里，怀疑自己有没有听错，"你在跟我说话？"

柏灵点头："在小的时候，我曾经伤害过你！现在又害得你退学，也许你考传媒大学就没希望了！"

"啊呀！拜托，那时候的事情我早忘了，小时候嘛！都有调皮的时候啊！"SUN摆摆手，一脸的无所谓，"再说了，凭我聪明的大脑，就算我不去你们学校读书，也能考上传媒大学！"他这次来这所学校的目的不全为了她嘛！

见柏灵依然低头不语，SUN微笑地说道："你真过意不去吗？"

柏灵猛点头。

"那就以身相许，弥补自己的错误吧！"SUN嬉皮笑脸地说道。

这个人就是这样的，给点阳光他就灿烂了！柏灵狠狠地拉紧了纱布，痛得SUN龇牙咧嘴。

"你为什么长大了就不能温柔一点！"SUN捏捏柏灵的脸蛋。

"我就这样！"柏灵也捏住他的鼻子。

SUN发现在阳光的反射下，柏灵纤细的手指上闪着耀眼的光环。那是他的骄阳戒指，现在戴在她的手上，顿时从心中漾出甜蜜的笑容。

风儿轻轻地吹，吹散了蒲公英的种子，在空气中飞舞，就像回到小

时候那个无忧无虑的年代。

SUN真诚地盯着她："灵儿！我们和睦相处好不好？就像小时候一样！"

柏灵有些迷惑，却不由自主地点点头。

SUN开心地笑："那就意味着你不会讨厌我了！"柏灵还是点头。SUN笑得更开心了："那为了庆祝我们今天重新开始，去儿童游乐场玩庆祝一下吧，我已经N年都没去过了！"柏灵愣了一下，SUN赶忙拿出鸭舌帽、大蛤蟆镜等全套装备，"我一定保证不被人认出来！求你呢！陪我去吧！可怜可怜我……"那似真似假的可怜表情，让柏灵无从拒绝，她像着了魔般再次点点头。SUN欢呼，深深、甜甜的酒窝让他看上去像个天使。柏灵忽然忆起，在SUN离开幼儿园，离开居住的小区，离开她生活的那一天中午，睡午觉时她曾迷迷糊糊睁开眼睛，一个有着蓝眼睛的王子站在她的床边，他在微笑，像个天使！他说："灵儿！等我回来！"

傍晚，一阵乍来的风，吹散了柏油路上的阵阵热气，带来些许凉意。穿着单薄外套的柏灵坐在SUN的机车后，有些瑟瑟发抖。

"很冷吧？早知道晚上会降温，我就少玩一会儿。来！靠我近一点就不冷了。"SUN用手抓过柏灵的手臂，环过自己的腰。柏灵急忙将手抽了回来，SUN的脸上僵了会儿，将机车停了下来，转身紧盯着柏灵。

"干吗！我已经陪你一天了，你该不是突然有约会要把我扔在这里吧？"柏灵傻傻地愣在那儿。

"我不收你的钱。"

柏灵莫名其妙："什么收钱？"

"我说，你别担心我会收钱，所以才不敢碰我！"

"碰你还要收钱？"

"是啊！我怎么说也算个超级明星啊！对别的女人，牵一下我的手要收一千元！搂一下我的腰要收五千元，抱一下我，起码也得十万元往

上走了……不过对于你，我可以免费供应！"

吐！狂吐！这个人怎么可以这么恬不知耻！他以为他在卖肉啊！怪不得一直流传娱乐圈黑暗的说法，他SUN能走到今天，应该也是出卖了不少吧?想到这里，柏灵的脑海里不禁浮现出SUN和众富婆、女导演调笑，如一只小狗一样趴在杨樱脚边讨好的模样，便全身一阵麻麻，嘴里还喷喷有声，用一种有色眼光看着SUN。

SUN没好气地拍拍她的脑瓜："拜托！你不要乱联想好不好？"

柏灵更夸张地向后伸长脖子，生怕SUN会传染给她禽流感一般。

"在你的心目中我就是那种靠出卖色相谋生的人？"

"我知道你是身不由己的！是我害了你……"

"灵儿！我还要重复多少次，小时候的事情我从没有放在心上！"

"可我看出了你的无奈，你甚至连女朋友都是别人安排好的！未来还得跟刘德华、郭富城他们一样，一把年纪了还不能结婚，就算结了婚也得偷偷摸摸，有了小孩还被人当作私生子，多可悲啊！这都是我害的！害得你要爱不能爱……想和自己喜欢的人在一起都很难！"

亏她想得这么多！他喜欢的人不就在眼前吗？只是她不肯给他机会而已。像是在许下誓言般，SUN认真地看着柏灵说道："灵儿，你放心，如果我爱一个女生，就算放弃一切我都会和她在一起！"说完，他温柔地脱下身上的皮外套披在柏灵的身上，"我们回家吧！"他重新发动机车。

柏灵忽然说道："我们可以不回去吗？我想去一个地方，你会送我去吗？"

"去哪？"SUN不解。

"既然我们是好朋友了，我不妨告诉你一个秘密！"柏灵神神秘秘地说道，"我恋爱了！"

SUN睁大了眼睛："你……"

"你这是什么眼神，难道我不能恋爱吗？"

"张龙？"SUN忍痛说出自己最不想说的名字。

"嗯！他是今天跟我表白的呃，呵呵！但是不知道他看了今天的新闻没有，我好担心！要是他误会怎么办，SUN，我真很喜欢他，因为没有一个人像他那样对我好！"

　　"我……我对你不好吗？"SUN问道。

　　"你的好和他的好是不能相提并论的！"

　　"为什么啊？我们哪里不一样……你为什么非要去找他？"SUN哀怨地叫道。

　　"喂！你开演唱会我也会去看你的！"柏灵以为SUN在意这个，"你太小气了吧！我们现在是朋友了！你再不搭理我，我就自己搭车去了啊！"

　　"算了！还是我载你去吧！"这样他也放心一点，SUN强作大度地说道。

　　"够朋友！"柏灵拍拍他的肩膀，把他当马儿使唤，"驾！快走了！去看张龙去！"

　　SUN的心里微微作痛，但依然潇洒地用单脚触地转弯："好，咱们去江滩！"

　　"呜——"柏灵一阵兴奋地尖叫。在和SUN达成和平协议后，她觉得和他在一起似乎轻松了许多。

　　来到酒吧，张龙却不在，侍应生说他和老板娘一起出去有事了。

　　和老板娘？小美？柏灵口中念叨着："他能和她出去有什么事？一个老板和她的歌手？"

　　"想知道答案，跟他打个电话吧！"SUN说道。

　　"对呀！"柏灵差点忘了这个，她急忙跑出酒吧，在门外找了个安静的地方，拨打张龙的电话，可是电话一旦接通，响了不到几声就被挂掉了，话筒里传出冰冷职业的电脑录音声："您所拨打的电话暂时无法接通，请稍后再拨！"这是怎么了？他到底去哪了？为什么不接她的电话？

SUN也跟着走出来："怎么，没拨通？"

"也许是他在的地方信号不好！"柏灵为他解释着，接着她又拨了电话过去，结果依然被挂断了。

他不知道这是她的电话吗？为什么要挂断？难道是因为他和老板娘小美在一起？女生的感觉是敏感的。从第一次小美来找她喝酒，柏灵已经看出小美对张龙是有意思的，现在他们俩正在一起……所以不接她的电话？柏灵急忙甩掉这个令她恐慌的想法，决定再一次拨过去电话，而现在张龙的手机已经转进了秘书台，秘书小姐用职业的温柔声音说道："这是如意秘书台，如果找机主有事请留言！"柏灵泄气地按下了挂断键……为什么不接电话？难道是遭遇不测了！柏灵想到这里就胆战心惊："SUN，你说张龙他会不会出什么意外呢？"

"难道老板娘会把他煮来吃了！"SUN撇撇嘴。

"我不跟你开玩笑！他不会不接我电话的！除非出了什么事！"

"你对他可真有信心啊！一个男生一旦不接或挂断女友打去的电话，只有三种原因。第一，是他死了！"

"不许你这么说他！"柏灵暴跳如雷。

"第二，他发生意外了！"SUN继续说道。

柏灵冲上前一把揪住SUN的衣领，凶巴巴地叫道："你不用再说了，因为你根本就是在胡掰！"

SUN突然认真起来："不过我也觉得前面两个有点不太可能，那他不跟你联系的原因一定是属于第三种！"

SUN的第三种原因一下提起了柏灵的兴趣："你说说看！"

"第三个原因，是他纯粹故意不接你电话，因为他身边还有第三个女子！"

柏灵狠狠地甩掉SUN的衣领："你真让人讨厌！"柏灵说完就要转身离开。

"你不觉得他不够清澈吗？"SUN突然冒出一句话。

柏灵停下脚步："什么？"

他顿了顿，似乎不知道该如何说，"那个人！张龙！"SUN正视着柏灵，"他给人感觉不够清澈，总觉得很浑浊！"他总觉得张龙接近柏灵是另有目的。

"你以为他是豆浆啊，什么不够清澈、很浑浊的！"柏灵回嘴。

"为什么会扯到豆浆去，你抓住重点听行不行！"SUN有些急，有些恼火，他害怕柏灵会受到伤害。

"重点？那你到底想说什么嘛！"什么话都说不清楚，怪不得要重新回学校读书，口头表达能力都有问题。

"我叫你别太轻易相信男生！"

"你以为每个人都像你们娱乐圈的人吗？明明在恋爱却说是好朋友。明明已经分手了，却还说关系不错，就是为了维持自己的美好形象……虚伪！"柏灵恶狠狠地阐明自己的观点。

"你太单纯，你有没有想过像你这样的人……如果靠自己的判断去相信一个人，那是多么危险的事情？"

"你太过分了！简直当我是弱智！别以为在娱乐圈混了几年，就什么都能看清，其实你不过是个小屁孩而已！"

"谁是小屁孩？"

"当然是你！不懂真爱！你甚至连自己的初吻都没献给自己爱的人！你一辈子都没有权力跟我谈真正的爱！你们演艺圈里的人就是虚伪，所以认为别人都是虚伪的。其实是你们自己做贼心虚而已！"

SUN不可思议地望着她，胸口如被人掏开般地痛。他是为谁坚持走到了今天？是她！就是眼前的柏灵，是她让他坚定地活下来。当SUN失去父亲的时候，他多想随爸爸一起离去，可是他想到了那个满脸义气地帮他抢饼干的女孩，想起她的点点滴滴，他活了下来。他四处打工养活自己，只为有一天回来看她，直到有星探发现他。SUN以为终于有钱可以回来和她一起上学、一起生活，可是演艺圈人际关系复杂，他必须先学会该如何生存下去。又是这个女孩给了他信念，才让他坚持下来，有了今天的成绩。等他回到她身边，竟成了她眼中一文不值的家伙。她

是那么讨厌他，那么不屑他，从她冷冷的眼神中，他可以清晰地看见。SUN一时如冲晕了头脑般大叫一声："我懂！我懂真爱！"他使劲地拉过柏灵，温热的唇已经贴上了柏灵冰凉苍白的唇。柏灵被吓坏了，第一个反应就是狠狠地甩给SUN一巴掌："你变态！"

SUN被打蒙在那里，柏灵转身仓皇地跑走。过了好一会儿，SUN才清醒过来，追了出去。

柏灵的计程车和SUN的机车几乎是同时停在了柏灵家的单元楼门前。

柏灵扔下计程车钱，便往单元楼里跑，却被SUN更快一步抓住："灵儿！"

"你别碰我！我该怎么办？我把自己的初吻给了自己不喜欢的人……我该怎么办啊？张龙会生气吗？"谁知柏灵竟旁若无人地大声哭起来。

"初吻给了自己不喜欢的人！张龙会生气！"她的每一句话都可以伤他入骨。是他错了吗？喜欢她，对她是种伤害吗？也许是他太冲动了！SUN用力甩了自己一巴掌，他怎么会这么激动地吓到她。看着她撕心裂肺地哭，他比她更痛苦。SUN努力地挤出一丝笑容安慰她，心中多想告诉她，他是那么喜欢她，才想亲吻她，"不过就是个kiss而已！在外国打招呼都是这样的啊！"

"可是在我心里，一直希望将初吻给自己最爱的那个人啊！哪像你们这种人把亲亲当儿戏！"柏灵继续哭。

"我哪有！"SUN真想对天发誓，他也希望自己把第一个亲吻留给自己最爱的女孩。

"你没有当儿戏！为什么要亲我！"

答案不是很明显了吗？SUN耸耸肩，不知该如何跟她解释："我……"

"别以为我会像你的那些歌迷那样，把你的亲吻当作恩赐……"

"你放心啦！张龙不会生气的，反正他也不知道，你不告诉他不就得了！"SUN紧捏着拳头微笑地说道。

"可是……我们真的亲吻了啊！我怎么能欺骗自己的良心呢！"柏灵抬起泪水汪汪的大眼睛，盯着SUN，"我是不是已经没有爱张龙的资格了？我该怎么办啊……"

"什么啊……乱扯……你……肯定有严重的初吻情节……其实刚才我们哪叫亲吻啊！不过只是磕到一起了！我的嘴唇不小心碰撞到了你的嘴唇而已……"其实SUN多么想欺骗柏灵，欺骗她，如果吻了别的男生后她就不能和张龙在一起，可是他知道，这样柏灵会很伤心，与其让她痛苦还不如让自己痛苦。"我们那个不是吻啦！真正的吻哪是那样的啊！"

碰撞？什么叫碰撞！这难道是交通事故吗？柏灵一脸不相信地看着他。

"真的！我吻过的，你信我啊！真正的吻不是嘴唇磕嘴唇的那种。"

"真的！那我们那个就算是不小心磕在一起了！"

"当然是呢！不小心撞上你的！"SUN瞎掰着。

"呵呵……那就是说我的初吻还没有失去吧？"

"是呀！"SUN抓抓后脑勺，泄气地笑笑。

柏灵这才转身，猛地跳起来一拳砸在SUN的脑门上："以后要小心一点，再磕到我，你就死定了！"

"哦！"SUN默默地答应。

柏灵就如得到赦令般，终于破涕为笑，似乎完全忘记了刚才的不快，有些坏怀地盯着SUN："说！你的初吻献给哪位女明星啦？"

"喂！你才很无聊呢！干嘛问这个！"SUN没好气地往前走。

"哎！你这人很小气呢！告诉我嘛！我很好奇耶！"柏灵死命地抓住他。

哎哟！干吗要把自己和别人演戏亲吻的事情告诉自己喜欢的女生呢？他才不要说。SUN一副打死也不说的烈士形象。

"有什么不好意思的……都亲过那么多次了，刚才不是形容得很好嘛！为什么现在又不愿意说了，吊人胃口！"柏灵努着嘴。

"我……"

"你是不是不说……你不说我就再也不理你了！我会继续生气……"说着，柏灵就要快步离开。SUN简直拿她没办法，只有说道："我……我说出来怕你笑！"

"你说啊！我不会笑你的！"柏灵转身一脸期待地盯着他。

"我的第一次银幕初吻其实是给……给一个男人啦！"SUN似乎是鼓起了很大的勇气才能说出口一般。

"男人?"柏灵夸张地用手捂住了嘴巴。

"是呀！我的第一部戏，是讲我饰演的警察，去追一个逃犯，冲下巴士的时候正好跟上车的乘客撞个正着。导演为了追求喜剧效果，就让我和那个饰演乘客的男人的嘴巴撞在一起了，就像和你今天一样磕在一起啦！然后还因为太用力，把人家的门牙给磕掉了！"SUN难堪地抹了抹脸。

"哈哈哈哈哈……"柏灵发出一阵银铃般的笑声。

"笑……有什么好笑的！你不是答应我不笑嘛！"

"可是……可是真太好笑了嘛！"柏灵边捂着肚子边笑着说，"你第一次KISS竟是和同性！妈呀！太好笑了！我还以为你当明星可以吻到明星大美女呢！原来……哈哈哈！"

SUN黯然地低下头去。

柏灵急忙收住笑容："对不起……'鼻涕泉'我不该笑你！其实你当明星也不容易！"

SUN的嘴角勉强扯起一丝笑容，真诚地看着柏灵："没什么啊！你笑就是了！只要你能开心！"

柏灵愣住了，她接触到的眼睛里竟饱含深情，让她不敢再与他对视。为什么她一接触他的眼光会感觉到那么温暖？那蓝色的眼眸，有时会让她深深陷进去无法自拔。柏灵猛地摇头，想用力地甩掉自己的胡思乱想。

"你们聊得还真开心啊！"柏灵抬头看见抽着烟从楼栋里走出来的张龙。"我还准备下来接你，看来不用我费心了！"他扔下烟头，转身准备走进单元楼，柏灵急忙跳下车去拉住他："张龙你去哪呢？"

"这话应该是我问你才对！"张龙冷冷地转过身说道。

"我去找你了啊！"柏灵说道。

"找我？找到他车上去了！原来今天电视上播得都是真的啊？"

"不是！那个只是SUN公司的一个宣传计划！"柏灵觉得自己担心的事情终于发生了。

张龙指着SUN说道："计划？呵呵！如果想和明星在一起就不要来找我！不过明星多好啊！我还真没车载你出去兜风！"

柏灵被推得狼狈地往后倒退几步，差点摔倒。还好是SUN在身后，接住了她。待扶稳柏灵后，他如狮子一般冲向了张龙："死小子！你以为灵儿喜欢你就好欺负吗？"张龙还来不及躲闪，一拳已经挥在了他的肚子上，他反射性地向下倒去，SUN却一把抓住了他的衣领，将他整个人拎了起来，"想先下手为强吗？故意先找柏灵的错误！掩饰自己做了亏心事！"

张龙冷哼地笑出声："想明天上头条新闻吗？"

"这不正是你所想要的嘛！想借用柏灵和我的关系，插一脚进来炒作自己！"SUN无所谓地笑道，"无所谓，你去媒体报道吧！我无所谓，但是你伤害灵儿，我不会放过你！"

张龙凑到SUN的耳边，故意悄声说道："不是我插一脚，是柏灵自愿喜欢我的！你这么为她卖命！她喜欢你吗？"

"你……"SUN再次挥出拳头，却猛地停了下来，因为柏灵正挡在张龙的面前，"SUN你给我住手！为什么要打张龙……"

"他……"

还不待SUN解释，柏灵就抢过话去："你这人就是喜欢用武力解决问题，上次要不是你打了记者，也不会闹出我要假装当你的女朋友的事

不得不爱

情来了！你算什么优质偶像！"

是呀！他算什么优质偶像！他曾是公认的最不耍大牌，在媒体记者中口碑最好，却在再次碰到柏灵后，一切都改变了！他打了记者，几乎准备丢下自己苦心经营的事业，他变得自己都不认识自己了！SUN痛苦地狂叫一声，扔下柏灵和张龙，冲上楼去。

柏灵不知所措地望着SUN的背影，她感觉到了他深深的伤感。他为什么会这么痛苦！张龙冷笑地说道："看什么！他在为你痛苦。这样的人怎么能成明星！所以我就说这小子运气好！什么都让他碰到了！我这么努力却没有这个机遇！"

"我今天怎么没见你在台上唱歌？酒吧的服务生说你陪老板娘出去了！"柏灵忽然问道。

张龙又掏出烟点燃："这个需要你管吗？你是我什么人！也许就是出去做你和那个大明星一样的事情！"

柏灵愣了一下，忽然眼前闪过SUN的唇贴上她的唇的那一幕，脸猛地通红。

张龙看了看她笑了："很甜蜜吧？"

柏灵这才回过神来："我们什么也没做，我们是好朋友！"

"没见过这么亲密的好朋友！他为了你也许可以去杀人也说不定啊！呵呵……算了！我们之间，你还是考虑清楚吧！"说着，张龙撇下柏灵孤零零地站在门外，自己走进单元楼。

"我不用考虑！张龙我喜欢你！"柏灵叫道。

张龙没有回头，直接走上楼去！柏灵痛苦地蹲下身去哭泣，在单元楼的楼道上有一个高大的身影一直关心地盯着柏灵，看着柏灵抽泣，他也在发抖，控制自己急于奔下楼的意志。柏灵哭着哭着便开始咬自己的手臂，他的指甲也插进了自己的肉里。柏灵呜咽着上气不接下气，他无法再控制自己，准备向楼下奔去，却在那同一时间内，一个身影猛地将柏灵小小的身影搂进了怀抱。

柏灵在张龙的怀抱里颤抖着，哭得更大声了。

"对不起！宝贝！对不起！我该死！刚才是太生气了，我看见你和SUN在一起，我实在忍不住才向你发脾气的！他让我感到很自卑，让我在你面前抬不起头。我不是故意的，我不会再向你发脾气了！你要咬就咬我吧！"张龙将自己的手臂递到柏灵的嘴边。

柏灵使劲摇头："是我不好！是我没有顾及你的感受，但是我和SUN真的没有什么！我们是从小到大的朋友……"

"别说了，我相信你，傻丫头！可你让我吃醋了，我刚才好痛苦啊！你能感受到吗？我的心好痛……"张龙将柏灵的手搁在自己心脏的位置上。

柏灵用力点头，如释重负般地紧紧抱着张龙大哭起来。

"好了！傻丫头！别哭了！要是被你妈妈看见，又以为我怎么欺负你啦！"他仔细给她擦着泪水。

"你和小美……"柏灵哽咽地说道。

"我和她没什么，刚才是气你的，丫头！我晚上陪她出去看新乐器去了，她酒吧里舞台上的乐器都要换了！"

"为什么是你陪她？"

"因为我们是好朋友啊！就像你和SUN一样的好朋友！"张龙微笑着用手指刮刮柏灵的鼻子，"小醋坛子！以后我走到哪里都跟你请示好了！"

柏灵微笑着点头。

"好了！快上楼去吧！"张龙用袖子胡乱地在柏灵的脸上抹一通，"快擦干眼泪！"

柏灵忽然记起什么，从书包里拿出曲谱："这是我朋友帮你写的，不知道怎样？你先看看吧！如果不好我让她给你改！"张龙接过谱子念道："青春无敌！"

"是不是很俗的歌名？"柏灵没信心地说道。

"哪有啊！挺励志的！去年不是还流行励志的《奋斗》吗？呵呵！"说着张龙已经哼起来。

没人喜欢这样　慌慌张张不知去向

总在日夜盼望　要自己和别人不一样

不愿只是美丽外表　没有自我只有包装

自信的脸庞　是不是该有些主张

也许我就是年轻　我就是年轻　年轻就是带点疯狂

我就是年轻　我就是年轻　年轻就是不太一样

　　柏灵发现张龙的脸上慢慢展露出从未有过的惊喜笑脸,蓦然间,他一把抱起了柏灵,旋转了一圈:"天啊! 柏灵,你的朋友真是个天才! 这首歌不但词写得好,而且旋律欢快,很适合乐队来唱!"

　　柏灵这才松了口气:"适合就好! 我一直都在担心!"

　　"能介绍你朋友给我认识吗?"张龙充满期望地看着她。

　　"啊! 这个……这个……她也只是写来好玩,平时学习挺忙的!"柏灵吞吞吐吐地说道,"她……她……不希望别人知道她在写歌!"

　　"是学生? 是你同学?"张龙追问道。

　　"这个……算……算是吧!"柏灵勉强答道。

　　"能和她见面吗?"张龙不甘心地问道。

　　柏灵摇摇头。张龙虽然表面失望地叹了口气,但既然是同学,他已认定自己猜出一二。柏灵还有几个玩得要好的同学,不就是蒋晓舞吗? 原来她就是传说中的灵歌。

　　柏灵悄悄地掏钥匙打开家里的大门的同时听到一阵类似关门的声响。屋内一片漆黑啊! 每个房间都没有亮灯,大家都睡了,那刚才的响声也许是小狗仔仔发出的。SUN也应该睡了吧。柏灵忽然觉得自己有些对不起SUN,SUN打张龙还不是为了她嘛! 她竟然还对他说了那样的话。柏灵后悔不已,她从房间里拿出彩色心形的即时贴,用笔在上面写道:"鼻涕泉,对不起!"然后小心翼翼地贴在了SUN房间的门上。这才打了个哈欠回房去睡觉。柏灵房间的门刚合上，SUN就拉开了自己房间的门，将即时贴轻轻地撕下来，认真地看了遍，欣慰地微笑。

不得不爱

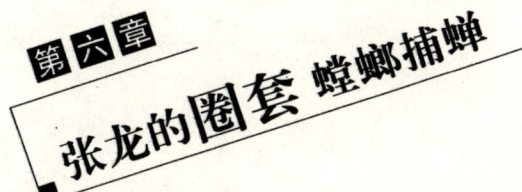

第六章

张龙的圈套 螳螂捕蝉

第二天一早，柏灵去上课，刚走进校门就被当成了动物园的大猩猩，围观的人不少，议论声四起。

"SUN的女朋友就是她耶？"

"不会吧！长得还没我靓呢！"

"是呀！但是手腕肯定高明……"

"那是！要不然SUN怎么可能看上她呢！要模样没模样，要身材没身材！"

"听说他们从小就订了娃娃亲，SUN也是没办法……"

"是呀！像我们SUN这么优质的偶像一定会为小时候的一句戏言负责到底的，只怪我们命不好，从小没和SUN住一条街上！"

"听说SUN是被逼无奈……"

简直是越传越离奇了……柏灵有口难辩，干脆疾步走进教室，见蒋晓舞坐在位置上看着报纸，连忙跑过去寻找慰藉："晓舞！我这次倒大霉了……"

蒋晓舞看了一眼柏灵，竟低下头去继续看报纸。

柏灵感觉不对劲："你怎么了，晓舞？"

"我是没怎样！你倒是一夜成名啊！"蒋晓舞的语气冷淡得让柏灵害怕，"柏灵同学别矫情了，你心里现在不知有多开心，竟还说自己倒霉！是想气我啊！"

"这到底是怎么啦？"柏灵不知所云，今天的蒋晓舞怎么跟吃了火药似的。

蒋晓舞什么也不说，直接将报纸扔在柏灵手上。柏灵一看竟是他和SUN的报道，标题赫然写着：亚洲巨星SUN和灰姑娘的仙履奇缘！标题的下方便是SUN和她的照片，也不知道是哪个没水准的记者昨天在新闻发布会上拍摄的，把她的脸拍得跟脸盆那么大，真是丢人现眼啊！

"你就为这个生气？"柏灵将报纸摊在蒋晓舞的面前，一脸的不可思议。

"你不是口口声声说，你不喜欢SUN吗？现在怎么成他的女朋友啦？你还变得真快呢！"蒋晓舞翻翻眼睛。

"我是迫不得已的！"柏灵急于解释，蒋晓舞却挥挥手："别说了！反正什么好事都找上你了！"

柏灵发现蒋晓舞真生气了，她本以为对方只是闹着玩的——她这是为什么生气啊？只因为她上了报纸，没有事先通知蒋晓舞？她连忙百般献媚，用手挠蒋晓舞的痒痒："别生气了，晓舞！我错了还不成吗？我今天下午就陪你去练习校庆文艺演出的节目，好不好？你不是一直想要我为你的舞蹈伴唱吗？我就厚着脸皮上了，只要你别生气好不好？"蒋晓舞很不耐烦地把她的手拨开："算了吧！你这种大腕我可高攀不起！我还是去找别人帮我伴唱好了！"说着蒋晓舞趴在桌子上呼呼大睡，再也不想理会柏灵了。

柏灵真不知自己错在了哪里："晓舞！我到底哪儿得罪你呢？"

谁知蒋晓舞就如被踩了尾巴的猫般跳起来大吼一句："难道你自己心里不清楚……"

这一叫，全班同学的目光全都集中在了她们俩身上，蒋晓舞狠狠白了柏灵一眼，趴下身继续睡她的大觉，柏灵难堪至极，转身坐回自己的位置，教室里又不断传来阵阵议论声。

柏灵有些不敢面对大家，将眼睛望向窗外的天空。在这一瞬间，柏灵的天空变成了黑色。

直到放学铃声响起，蒋晓舞都没有和柏灵说一句话，直接去参加舞蹈社的排练去了。在班级里她更突然之间变为了异类，没有同学在下课找她借笔记了，也没有人会中午叫她一起去吃饭了。放学后她独自一人穿行在校园里，竟碰到了柳苏苏。她倒是一脸的热情，朝她走了过来："哟！这不是大才女柏灵吗？哦！不对，现在应该叫灰姑娘柏灵小姐了！呵呵！没想到是你得到了SUN的爱！真的！让我觉得太不可思议了！我得知这个消息后简直气不打一处来，但是……当我一想到蒋晓舞那个死丫头的尴尬模样，就觉得开心得不得了。前段时间她还跟我打赌来着，说她一定会是SUN要寻找的灰姑娘。谁知道现在SUN竟和她最好的死党在一起，确实是个荒诞的结局。她是丢脸丢到家了，不知道现在正趴在哪里哭！真是太有意思了！"说完柳苏苏冷笑着转身离开了。

而柏灵便如当头一棒，愣在那里。她终于知道了蒋晓舞生气的原因，她知道自己不能失去这个好朋友！她来到蒋晓舞所在的练功房，蒋晓舞正在接一个电话，接完后看也不看她一眼就往外走。

"晓舞！我只对你说……那个在一起的消息，不过只是个噱头！"柏灵小心翼翼地说道。

蒋晓舞冷冷看她一眼："希望今天张龙约我不是为了什么噱头！"

"张龙约你？"柏灵吃惊。

"是呀！你跟SUN在一起哪还需要张龙啊！所以我替你去陪陪他吧！"说完，蒋晓舞冷笑地离开了。

为什么张龙会找蒋晓舞？柏灵连忙掏出手机拨打张龙的号码，可惜无法接通。她摇摇脑袋，不对！他找晓舞肯定是因为晓舞是她的好朋友。很正常，不是吗？张龙不是相信她吗？所以她也应该相信张龙，对！要互相信任。柏灵猛地对自己点点头！

坐在学校的冷饮店里，蒋晓舞用吸管"咕噜咕噜"地在果汁里吹着泡泡。

张龙托着腮帮子微笑地看着她："你怎么会这么可爱！"

"切！柏灵比我可爱，要不然，SUN怎么喜欢她而不是我呢？"

"那是因为他们曾经青梅竹马，要是站在同一起点，SUN怎么可能选择柏灵而不是你！"

蒋晓舞疑惑地上下打量张龙："你和柏灵吵架了？你不是他男朋友吗？"

"只是为你抱不平而已！"

"你来就是为了说这些？"蒋晓舞准备起身走人，他是柏灵派来故意气她的吧！

"哎！别走啊！我是说真的，不如你出山吧！你这么有才气的女

第六章 张龙的圈套 螳螂捕蝉

生，一定有一天能和SUN平起平坐的，到时候他将无法拒绝你，灵歌！你是灵歌，对吧？"张龙急切地叫道。

蒋晓舞开始四下张望："灵歌？灵歌在哪儿？你……你该不是在叫我吧？"

"不要装了！你不就是灵歌吗？柏灵还请求你给我写了首歌曲《青春无敌》，这首歌现在在酒吧唱红了，客人来了都会点这首，不如你加入我们的乐队当主唱吧！我们一定会红起来的！"张龙激动地一把抓住蒋晓舞的肩膀，"好吗，灵歌？"

"灵……灵歌……我？你疯了吧！"蒋晓舞害怕地甩开他的牵制，"我要是灵歌，现在还坐在这里吗？"

"可柏灵说灵歌是她的好朋友，除了你还会有谁？"

"原来她跟你之间也是有秘密的啊！"蒋晓舞微微一笑，似乎猜出了几分张龙此行的目的，"柏灵是灵歌网站的站长，只有她一个人可以和神秘的灵歌联系。你说，什么好事怎么都被她碰上了？"说完，蒋晓舞有些不服气，扭头离开。

"蒋晓舞不是灵歌？可柏灵分明说过是我们都认识的朋友，那还会有谁呢？"

忽然张龙的耳边回响起柏灵喝醉时曾说过的那些话："我是灵歌，你知不知道……哈哈……"

"那这么说……"张龙转身跑出学校，拦下一辆出租车朝家的方向飞驰而去。

"张龙，你在吗？我来给你送水果了！人呢？"这两天天气太热，火气也大，张龙晚上又在条件那么恶劣的场所唱歌，吃水晶梨是最好的润嗓方式了，张龙一定会说她很体贴吧！柏灵开始偷笑，不知道自己这么有贤妻良母的潜力。

可拿钥匙打开大门，却发现从客厅到张龙的房间，都没找到人："哎！这么早就去了酒吧吗？可惜了这盘水晶梨，如果回家被柏文那小子看到还不肉包子打狗，有去无回……唉……"正准备离开，忽然间柏灵发现她小房间的门竟是虚掩的。怎么回事？门……门怎么会被打开了？难道家里真来了小偷？柏灵放下水果，随手拿起门后的扫帚，蹑手蹑脚地走进自己的小房间，准备给小偷来个当头一棒，可等她看清稳坐在里面的人时，傻眼了，竟是张龙。

"你怎么……到我的房间里来了……"

"柏灵，哦！不对，应该是灵歌？"张龙不答反问，"你是灵歌，没错吧？"

"灵歌？我……我怎么……怎么会是灵歌呢？"柏灵支吾地答道。

"你不是灵歌，这些又是什么？"张龙从厚厚的一层盖布下拖出键盘和调音台，还有麦克风和一些手写曲谱，"还有你电脑里的录歌软件怎么解释？"

怎么可以不经过她的同意乱翻她的东西，还打开她的电脑呢？这……这是不对的啊！就算她再喜欢他。

"你……"

"难道我们之间还应该有秘密吗？柏灵你太让我失望了……"还不待柏灵有所发作，张龙首先来了个下马威。他总有本事扭转局势，"你是怕我知道你是灵歌后，出卖你，去赚唱片公司的赏金吗？"

"不是啊……不是……"

"我答应过你，不说出SUN住在你家的秘密，我有把消息卖给狗仔吗？你为何这么不信任我！"

"我……"柏灵不知该怎么回答，她只知道张龙生气了。他猛地站起身准备离开，柏灵害怕地一把从背后抱住他，"不是……不是！我只是害怕……我不敢暴露在大家面前，只是因为我害怕，我对自己没有信心，我怕以后没有人再听我的歌，请你不要生气，张龙，我不是有意欺骗你的！"

张龙的嘴角露出一丝不易察觉地微笑："笨丫头！"他转身紧紧拥住她，"你长得这么可爱，怎么会对自己没有信心呢！"

　　"不但是对自己没有信心，而且我根本就无法鼓起勇气面对别人去唱歌，写歌唱歌只是抒发我自己的一种情绪，我没想要靠它出名！"柏灵开始抽泣。

　　"我不怪你！别哭，别哭好吗？"张龙有些心不在焉地拍着她的背，"你真不愿意走上舞台？"

　　"不要！"听到舞台两个字，柏灵似乎哭得更厉害了。

　　"好了！好了！你不喜欢我以后就不提了。"张龙温柔地拍拍她。

　　柏灵突然想起什么似的，问一句："你今天找蒋晓舞呢？"

　　"是啊！我不是曾经说我代课的一个孩子在你们学校吗？他想进你们学校的学生会，所以我托蒋晓舞帮帮忙！怎么啦？"

　　"哦！没什么？"柏灵赶忙摇头。

　　"该不是吃醋了吧！连自己好朋友的醋也要吃？你老家在镇江吧？"

　　"你瞎猜！我老家怎么可能是镇江的？"柏灵一本正经地说道。

　　"因为那里产醋啊？"

　　"讨厌！"

　　张龙笑着将她拥进怀里，心里却在盘算怎样才能让柏灵走上舞台和他们的乐队一起表演。突然他发现摆在柏灵的电脑旁的是她和蒋晓舞两个小丫头的合拍大头贴，心里也酝酿出了一个逼柏灵走向舞台的完美计划。

　　炎炎的夏日，灼热的太阳光似乎照在哪儿，哪儿都会在瞬间蒸发掉一般。而在这一刻，柏灵终于明白了，当明星确实不是人做的事。这么大热的天，她竟还要装出清凉无比的模样，涂上足可以捂出痱子来的彩妆，和SUN在江滩上拍新专辑《灰姑娘奇遇记》里一首合唱歌曲《冰淇淋的爱甜蜜蜜》的MV。这首MV的故事情节就是安排SUN和柏灵饰演的情侣从刚开始因为吃冰淇淋认识，到两个人通过冰淇淋热恋，连设计的吵架情节都是打冰淇淋仗，反正整个情节就是离不开吃冰淇淋了。可就算这冰淇淋再好吃，在一个小时内吃下了三十多根，估计再看到有这么多各式各样的冰淇淋摆在面前时，下一个动作就是想吐了。这完全证明了甜蜜也是一种负担。柏灵现在心里就是这么想的。因为她的表情已经证实了一切，她又被MV的导演NG了。

"哎哟！哎哟！导演大人您别上火，来吃根冰淇淋降降温，我们家孩子也是第一次上镜，您担待点！"站在人群中非要跟来凑热闹的柏灵老妈，急忙拿着遮阳帽给导演扇风，还不忘板着脸教训柏灵，"死丫头！吃冰淇淋还这么难受！你看人家SUN演得多好啊！吃得津津有味的，哪像你跟吃苦瓜似的！给我好好演！"

"妈！您跟着凑什么热闹啊！他肠胃好，我怎么跟他比啊！"柏灵白了一眼正笑眯眯地跟围观粉丝打招呼的SUN。

"人家难道是铁打的啊！吃多了还不是难受，可人家有职业精神啊！懂吗！你吃冰淇淋算什么啊！人家成龙大哥演武打片时脚骨折了，照样要拍完最后一个镜头，人家杨采妮拍《七剑下天山》时零下5度还要在溪水里泡着，还有人家……"

"行了……行了！老妈！"柏灵赶忙打断老妈那比唐三藏还唐三藏的唠叨神功，"导演我们开始吧！"

SUN连忙关心地说道："还是休息一下再开始吧！别勉强自己！"

就这么一句简单的关心话，竟又引来围观粉丝的一阵羡慕的尖叫。

工作人员们也松了口气，开始在冷饮柜里拿冰淇淋吃降温。杨樱走了过来，关心地问："还好吗？做明星不是你们小丫头心里想的那么风光吧！其实SUN刚才也挺难受的，但是明星就必须学会克制。懂吗？就因为你的无数个NG，我们都得陪着你耗时间，耗金钱……"

柏灵连白她一眼的力气都没了。她已经够难受了，这家伙还来火上浇油，她以为自己是妈啊？

还不待SUN帮着柏灵辩驳，柏灵的老妈就跟老母鸡似的扑了过来："喂！喂！你吃三十几根冰淇淋不吐试试看！别看我家灵儿是新秀就欺负她，我这个经纪人是绝不答应的！"

杨樱真想不到柏灵老妈变得真快，刚才还在教训柏灵。难道她听错了？

看杨樱转身离开了，柏灵的老妈一脸得意："我家的猪也只能我说她胖还是瘦，什么时候轮着她说话了？是吧？灵儿。"

她老妈把她比成什么呢？柏灵差点晕过去。好在这时，在人群里她发现了一个熟悉的身影，是他——张龙！

柏灵来了精神，从地上爬起来，跑了过去："张龙怎么来了？"而SUN正拍着她背的手，尴尬地停留在了半空中。

张龙面带笑容，偷偷地说："来看我女朋友拍戏嘛！听说你拍吃冰淇淋的戏，我给你买了胃药来。胃受凉了，很容易反胃的，先吃一片！"他将药递给柏灵。

柏灵满脸受宠的笑容。

周围的人开始私下议论纷纷。明明对外宣布柏灵是SUN的灰姑娘，她今天却明目张胆地和另一个男生一脸甜蜜地对话，这要让媒体们瞧出点端倪来，又有文章可炒了。

柏灵的老妈老道地出来圆场："哎哟！是咱们灵儿的张龙表哥啊！"特别是说到"表哥"时那语气尤为卖力，"你从小就对咱们灵儿照顾，现在知道她拍冰淇淋广告还生怕她吃坏了肚子，特地送药来！真是阿姨的好侄子！"说着还不忘走过去，硬挤出笑容摸摸张龙的脑袋，"这孩子就是心眼好！"

"老妈！"柏灵真有些受不了老妈这计算机一样灵敏的大脑，连认亲戚这种事情都被她想出来了。

杨樱也连忙使眼色让导演开始，导演开始叫开工。

柏灵有些依依不舍地看着张龙："你会一直看着我吧？"

张龙点头。

她这才放心地跑回早已紧握双拳的SUN身边。

SUN有些咬牙切齿地轻声说道："他不该到这儿来看你！是故意的吧？如果真是故意的，那灵儿你要小心了！我早知他的内心不够单纯。"

柏灵鄙视地看他一眼，没好气地叫道："你说什么啊？他是关心我才来看我的。"

SUN不想与柏灵在片场里起争执，但他能感觉到人群里张龙蓄意挑衅的眼神，他已经肯定了自己内心的猜测——也许张龙是在利用柏灵！不过柏灵却单纯地一直袒护着他，如果他出手教训了张龙，也许柏灵一辈子都不会再理他呢！他不敢再多想，怕自己会忍不住冲过去，狠狠挥张龙一拳，急忙叫道："导演，我们继续吧！"

接下来的表演，柏灵也极不自然，因为有张龙在场，她害怕自己与SUN表现得太亲热，而让他生气，而且更令柏灵担心的是，老妈带张龙离开了人群，到一旁说话去了，肯定没什么好事！她担心得快要疯掉了。

"这位小姐，你能投入一点吗？你想热死我们整个剧组的人吗？我求你，这是最后一遍，好吗？"导演不耐烦地大叫。这天气要是到下午3点后，恐怕要热得更加恐怖。

工作人员给柏灵递上冰淇淋，导演轻轻点头示意开始。各部门噤声准备就绪，摄影机的红灯开始闪烁。SUN十分轻盈地微笑着，很是享受地微微张开嘴，只等我们的女主角柏灵将冰淇淋递到他的嘴边……大家请注意，我们的SUN只是微微地张开了嘴，但是我们的柏灵小姐竟当SUN的嘴巴有面盆那么大，直接将冰淇淋整个硬塞进了他的嘴巴里，然后朝他恶作剧般甜美地微笑。

SUN却是傻傻地，一直保持着甜蜜的微笑，虽然那支冰淇淋差点把他噎死，虽然他的舌头差点就要被冻下来……但是他依然带着迷死人不偿命的笑容。

"好！过！我的SUN王子，要不是你最后一个表情那么好，估计这条又废了！"导演夸张地一把抱住SUN，一副好感动、好感动的表情，那双手还在SUN身上使劲揩油。

柏灵早就看出这死导演对SUN不怀好意，一见SUN就摸他的手说

他皮肤好，又拍他的肩膀说他骨架好看……看他那样子，是个人都看得出来他有奇怪的嗜好！柏灵可不能让SUN落入他的魔掌。她一把拉开SUN，猛地也拥抱住导演："谢谢你啊导演，你是我见过最棒的导演……你把我拍得这么好看……我怎么谢谢您呢……"任这位导演怎么挣扎想奔向SUN，柏灵就是不撒手，直到掐得他快没气了，导演才终于打消再去找SUN的念头，宣布收工。

工作人员一阵欢呼，开始收拾道具和机器。

化妆师也开始为男女主角卸下油油的妆容，柏灵的眼睛却已经开始在人群的隙缝中四处搜寻张龙和自己老妈的身影。

在热闹的人群之外，柏灵的老妈正凶巴巴地上下打量张龙。

"您叫我出来就是为了好好欣赏一下我的？"张龙扯起一丝无所谓的笑容，然后点燃了香烟。

"你到底想对我家灵儿怎么样！坏小子！"

"我能对她怎么样啊！还会吃了她不成！"张龙依然保持着他那抹坏笑。

"你最好离她远点，要不然……要不然……我就……"柏灵的老妈开始想有分量的话，想吓吓那小子。

"要不然您又能怎样？"张龙叼着烟冷冷地笑道："麻烦您这话去跟柏灵说，是她要和我在一起的，我倒是无所谓啦！"

"你……你小子！"柏灵老妈眼睛都气红了，整个人剑拔弩张。

张龙连忙做了个让柏灵老妈噤声的手势："阿姨！小点声……这儿记者可多呢！都是千里眼、顺风耳！"然后笑着转身离开，"我还是去看看你的宝贝女儿吧！免得她怪我不陪她！"

"你……"柏灵老妈一个"你"字怒吼出口，引来不少围观粉丝和娱记的侧目，立马便捂起了自己的嘴巴。

好不容易卸了妆，在身边如苍蝇般打转的SUN也不知道跑哪去了。柏灵决定立马去找找张龙和自己的老妈，在老妈没将他撕来吃以前，解救她可怜的张龙。正欲快马加鞭地赶去"国际大营救"，却被身后的杨樱叫住。

"本来不想提醒你，但是实在看不过去！SUN对你太好了，你不该这么对他！"杨樱那副模样由柏灵看来，就像是SUN的老妈。

"那你就去抚慰一下他幼小的心灵吧！"柏灵吐吐舌头。怪不得娱乐圈盛传经纪人和明星容易产生感情，前段时间不是还有绯闻说苏友朋和他的女经纪人好上了吗？看来一点也不假，人在一起久了就会不自觉产生感情，也就是日久生情吧！不知道为什么，柏灵想到这里时，脑海里竟出现了SUN的身影，天杀啊!她怎么会想到他？柏灵猛地拍打自己的脑袋，眼神却不由瞟到了杨樱的身上——她和SUN确实很不相称！柏灵感觉杨樱的气质像极了SUN的阿姨！老牛还想吃嫩草!她不由在心里狠狠鄙视了她一下,反正现在不知道为何只要一想到杨樱对SUN有非分之想,柏灵就有点母鸡保护小鸡的本能。

"你喜欢他了吗？"杨樱突然饶有兴味地问道。

"SUN?你瞎说什么!"柏灵赶忙大叫着辩驳。

"我可没问你是不是喜欢SUN。看来刚才你的脑筋里一直在想他呢!"杨樱淡淡一笑，在饮水机边倒了杯热水，便朝剧组的角落走去。

"喂！你是什么意思？"柏灵跟着她问道，好像非要把这事解释清楚不可。

"你想听我说什么？"

"我要你解释刚才那句话。别把我总和SUN扯到一起，我有男朋友的！"柏灵扬着头说道。

听到这里杨樱忽然停下了脚步："就是刚才那个在人群里看你的男生吧?"

"是呀！比SUN帅吧！"柏灵一脸的得意。

"小女生就是小女生！太单纯了！小心受骗呃！"杨樱摇摇头，继续往前走去。

"喂！你不要总是这样好不好？有话不能直说啊！"

"我直说啊！他很帅！你是否满意？"杨樱不回头，耸耸肩说道。

柏灵越来越讨厌他们这群娱乐圈的人了！自己不把感情当回事，就觉得人家都是虚伪的，她才不会相信，张龙对她有什么坏心事。对了！张龙？张龙还在她巫婆老妈手中，她要去挽救他。

我的张龙你在哪？你在哪？柏灵的眼珠子如探照灯般开始。可惜，该找到的没找到，却看见SUN。不知蹲在一个小角落里在干吗？那背影似乎充满了不可告人的秘密。好奇心害死猫啊！柏灵觉得自己越来越三八了，她决定过去看一下"鼻涕泉"那家伙到底蹲在一个小角落在干吗。搞不好这家伙有某些特殊的嗜好！以后卖给那些八卦周刊还可以小赚一笔！柏灵偷偷摸摸地走过去，却发现SUN只是双眼紧闭蹲在那儿什么事也没做，不由有些失望，猛地伸手拍了一下SUN的背："学爱迪生蹲在这儿孵小鸡呢？"

还不待柏灵的话说完，SUN就如武侠小说中了碎心掌一样，嘴里猛往外喷液体，不过那液体不是鲜血而是呕吐物。

"妈呀！"柏灵一阵尖叫。杨樱急忙赶了过来，一把扶住不停呕吐的SUN，轻轻地拍着他的背："不能吃，就不要勉强啊！是不是胃又不舒服了？"

"刚才是挺不舒服的，要吐又吐不出来，还好柏灵刚才那一掌啊！别说胃里的东西，就连我的肺都快被她拍出来了！不过这样倒是舒服了许多！"SUN用纸巾擦擦嘴说道。

"你该不是真被我拍得呕吐了吧？你不会这么脆弱的呃。"柏灵惊叹地张大嘴巴，那尺度足以塞下两个鸭蛋。

"他的胃不舒服，你下手太重了！是在打小偷吗？"杨樱有些恼火地叫道。

SUN帅气的脸庞此时苍白如纸，他勉强抬起头微笑："没事啦！没事啦！这段时间总这样！老毛病了！"

"什么叫总这样！你又没有怀小孩！"柏灵没好气地说道，"你这小子为什么总让人操心呢！"

真是语不惊人死不休啊！SUN觉得要是自己此时不是实在虚弱，估计会笑得前俯后仰。

"让人操心的是你！SUN若不是替你吃冰淇淋，会这么难受吗？他平时拍戏饮食没有规律，本来就不能多吃冷饮……"还不待杨樱气愤地说完，SUN连忙制止住了她，"别说了！是我自己贪吃嘛！这款冰淇淋的味道挺好的……"说着他不忘使劲挤出他的招牌阳光笑容。

柏灵呆在那里。原来一开始"鼻涕泉"非让导演改剧本，不是为了捉弄她，而是为了让她少吃冰淇淋。他为什么总这样，总要让她觉得亏欠他。柏灵有些气急，说道："死小子！你不要对我这么好！我不想欠你的！就算欠你的，我也不会感到内疚。"

引擎声越过了江滩公园大门的护栏，入侵片场的天地。

约莫十部哈雷或DT重型车跨越工作人员圈起的楚河汉界，席卷了整片外景场地。其中两辆的后座搭载了轻佻的女孩，发丝渲染成四种颜色，香肩刺青。其他十位骑士则清一色为剽悍的男人。由于骑士们一律身着黑黑的皮衣皮裤以及水银镜面的安全帽罩，因此真实面目无法辨别出来。"耶！耶！"机车沿着外围转圈圈，将拍片人马围堵在场中央。这群人竟敢在江滩公园飙车，这里虽然是开放式的公园，但是平时连自行车都不允许进入的，为什么突然会出现这么多机车？而且看这架势，似乎是故意来找碴的。

"这是什么大明星SUN拍片子的地方吗？"其中一名好像是头头的骑士喝道。

"哟！第一次看到大明星拍片耶！我们好兴奋呃！"其他人纷纷鼓噪。机车打转的速度，掼起漫天呛人的沙暴。

导演鼓起勇气担任发言人："怎么了？你们要干吗？"

"SUN不是什么国际巨星吗？"领头的骑士冷笑一声，"这么大的明星在我的地盘拍戏也不交保护费给我，兄弟们，给我砸！"

工作人员们一下子都愣住了。

带头骑者冷笑，其他九部机车立刻煞住，一一抽出机车后座的铁棍，调转机头准备向人群中冲来，四周围观的人早已经被机车的轰鸣声吓得四散开来，只有剧组的工作人员被团团围住。动作一致、进退有秩，显然是个有组织的飙车集团。

"那个什么SUN的，给老子站出来，我还没见过活的大明星呢！"带头大哥的语气阴森森的。

SUN连忙冲过杨樱的阻拦，走到飞车党的面前："你们要看我吗？那就看完了快走人！不要伤害到这里无辜的人，要不然我不会放过你们的！"

"好，臭小子有种！"带头大哥冷笑着，"我告诉你，本大哥偏不如你的愿望，我就喜欢伤及无辜。兄弟们，上！"

机车小混混们发出振奋的吼声。

剧组里恐惧的尖叫助长了敌方攻击的气势。重型机车群再度展开圆形的包围策略，而且渐渐缩小圆周。其中一部哈雷骑开来，从座垫下抽出细长的铁条，目标对准营区的周边设备和摄影器材。

两声巨响，装冰淇淋的冷饮柜率先罹难。眼看价值数十万的摄影机即将成为下一个牺牲者，就在这个紧急时刻，柏灵的老妈如超级女侠般冲出了人群，摆出一副黄飞鸿的经典招式："哦呀呀！哦呀呀！各位且慢！"

滑稽的姿势成功镇住飞车党们猖狂地打砸。大家都停下手中的活儿，注视着这位头发爆炸得犹如超级塞亚人般的欧巴桑会使出什么绝招。

柏灵老妈很酷地甩甩头发，忽然换上一张几近献媚的笑容："几位大哥，天气这么热，砸东西这么累的体力活就不用你们费心了！"她飞快地跑到杨樱身边轻声咕哝几声，杨樱便从钱包里拿出一沓百元钞票来递给柏灵老妈，柏灵老妈急忙双手奉到飞车党头头的面前，"不如拿去喝杯茶，解解暑吧！"

"哼，你早撂下这句话不就好办了吗？至于现在——来不及了！"

带头大哥刚刚举起铁棍，柏灵的老妈尖叫一声，被吓晕过去。

"妈！"

"伯母！"柏灵和SUN一起冲到柏灵老妈面前："妈，你没事吧！你别吓我！"

"伯母你醒醒啊！"

柏灵老妈好不容易睁开眼睛，虚弱地说了声："你们自个小心，我先晕一下！"白眼一翻，又倒了下去。

而身旁的机车早已呼啸声一片，冲向场中央的工作人员。大家开始四处躲避，慌忙逃窜。而飞车党就如追逐着受伤的猎物般，叫嚣着，狂笑着……

凄惨的痛叫声加入隆隆噪音。

然而，哀嚎的发源者并非摄影队的任何一员，带头大哥竟硬生生摔倒在地上，机车也滑了出去，撞在了一旁的江滩护栏上，发出一声巨响。大家都惊呆了。机车老大抱着肚子在沙滩上打滚，柏灵如女勇士一般举起刚才用来砸机车老大的板凳："你们这群混蛋，你们今天不但得不到一分钱，而且还要为你们所做的一切得到惩罚！我们有这么多人，还会怕了你们不成！"

柏灵的勇气鼓舞了大家，工作人员们纷纷抓起了手边可以用来当作武器的工具。

战况马上转化为两军对峙。

"这年头，逞英雄的人都活不久。"敌方冷冷警告道。随后一辆火红的机车直冲冲冲向柏灵。

哇！蛊惑仔啊！柏灵呆住了，眼珠子几乎瞪出了眼眶！要变肉饼了，可她的身体就跟被点了穴似的，不能移动半步，不要在这个紧急关头失控啊！眼睁睁地望着卷杂着尘土的机车朝她的方向直扑过来，时间仿佛在瞬间定格，两百公尺，一百公尺，五十公尺……狂怒的机器喷发距离她越来越近。

"灵儿！"SUN大叫一声。

催动油门，吼吼！引擎空转如雷。机车飞驰冲向柏灵，柏灵在人群中看到了奔向他的张龙，她有些无助地呼叫一声："张龙！"可是就在机车撞向她的一瞬间，她发现张龙脚步慢了下来，是错觉吗？张龙应该是跑过来救她的吧？这时她已经被一股力道撞开来，"痛！"不过好像也没有预料中那么疼，原来被车撞撞也不过如此。柏灵开始联想到港片枪战中被机车撞倒在地的人口吐鲜血的模样，突然觉得艺术确实是高于生活的。

"SUN！"

柏灵突然被杨樱的尖叫声震得魂兮归来，"鼻涕泉"又怎么啦？她随着声音望过去，SUN正满身是血地躺在地上。

"他怎么啦？"柏灵有些呆愣地问道。

"是SUN用自己的身体保护了你！"杨樱歇斯底里地叫道。

这不是演戏，这是真的！刚才竟是SUN用身体将她撞开，而他自己却被机车撞倒。为什么是他？而不是张龙来救她？不！不！她宁愿现在躺在血泊里的是她，而不是SUN，她不想欠他这么大的人情，她不想！可当柏灵看见SUN一动不动地躺在那里时，她开始前所未有的恐惧："'鼻涕泉'，你给我醒醒！你不能死，你给我醒过来！"柏灵扑过去，一阵哭喊："求求你，'鼻涕泉'，你不要离开我！'鼻涕泉'……"

可是躺在地上的人毫无生息，隆隆的油门声还在叫嚣，柏灵抓起地上的铁棒，疯了似的冲向撞倒SUN的家伙："你这个混蛋，有什么你就冲我来，你为什么要伤害他！"柏灵的举动让机车上的人措手不及，铁棒如雨点般砸在他身上。

所有人都惊呆了，他们无法相信一个看似柔弱的女孩，却有这么大的爆发力。她的样子看上去似乎要跟人拼命。

"醒醒，SUN，我已经帮你叫了救护车，你别担心！"

朦胧中SUN听见有人在呼唤他，是柏灵吗？他打不起精神，吃力地呻吟着，艰难地睁开了眼睛。

"柏灵……柏灵还好吧？"

"你现在就不要管别人了，你知道自己受了很重的伤吗？"

"柏灵到底怎么样呢？"SUN着急地问着。

这个傻小子怎么就不会为自己想想！杨樱的气不打一处来。

SUN见杨樱不回答他，慌张地想坐起来，可是腿疼得让他直皱眉头。

"不要动！这样你的伤会更加恶化！"

SUN推开杨樱阻止他的手，咬牙坐了起来，发现柏灵正在疯狂地用铁棍去敲击那些飞车党。

"柏灵……柏灵你给我回来……"他想叫，但是虚弱地没了声音，他想冲过去阻止她，可惜他连站起来的力气都没有了。

傻丫头，你不知道那群人有多么残暴和危险吗？

他看见呆愣的飞车党们惊醒过来，一把抓住柏灵挥舞的铁棒，将她摔倒在地。他看见张龙冲了出来，一拳打在摔倒柏灵的家伙的脸上，其他飞车党都动怒了，开着车朝他逼近，柏灵跳起来，挡在了张龙的身前……

"不要！柏灵，不要……"就如机车要撞向自己般，SUN紧张地几乎窒息。

就在机车即将起步撞向他们的一瞬间，其中一个飞车党接到一个电话，挥手示意其他机车离开。一瞬间，机车四散绝尘而去，就像没有来过一般，片场恢复了宁静。

此时，救护车也赶到了，医生将SUN抬上担架。

"柏灵……柏灵……"

张龙怀抱着颤抖不停的柏灵，有些幸灾乐祸地看着他。

医生抓住他的肩，想让他冷静。鲜血使SUN的喉咙哽咽了，再也叫不出名字来，任由救护人员把他抬走，但是他那双充血的眼睛却目不转睛地盯着在张龙怀里颤抖的柏灵。

"我就说这个灰姑娘只会惹是生非,我说过的……"温蓉竭尽全力地拍打着桌面,"让你当SUN的经纪人,就是让你看着他的,他要万一缺胳膊少腿,我们就等于失去了一个金矿……金矿啊!懂吗?我觉得灰姑娘这个计划应该立刻停止,我不知道他们这对小祖宗还会给我惹出什么事情来!还有,等SUN好起来后,你立刻带他到韩国去参加培训,一定要让她和那个丫头分开……"

"可是……可是这段时间灰姑娘特别有人气,有人为她建立了拥护网站,也有综艺娱乐节目请她参加拍摄,更有了属于她的粉丝团叫铃铛!"杨樱将一些收集好的资料放在了温蓉的面前,"以数据统计,她这段时间的被关注度甚至高过了SUN。"

"Why?她为什么会这么受欢迎?"温蓉不能理解,难道就因为她是SUN的女朋友?

"因为当天灰姑娘不畏歹徒的凶狠,领工作人员进行反抗的视频,不知道怎么就传到各大门户网站上了,我想应该出自那天剧组摄影师之手……反正不管怎样,她的精神,她面对歹徒临危不惧的态度,得到了不少人的称赞和拥护,不少报纸上用'新生代的灰姑娘、正义的化身'为题作为头版头条的报道,她在一夜之间似乎红了!"

"红了?好的,很好!要的就是这个效果!"刚才还板着脸的温蓉,现在是面露喜色,"杨樱,你一定要加快SUN的新专辑《辛德瑞拉的奇遇记》的录制,特别是那首他和灰姑娘的对唱歌曲,赶紧先录好,送去打榜!我们又将创造出一个平民神话……一座金矿变两座……哦嚯嚯……"突然意识到自己露出了贪婪的狰狞表情,温蓉连忙理了理衣角,恢复以往的威严知性,"SUN这两天也休养得差不多了吧?虽然脚上还有伤,但是还是可以去参加一些媒体活动,提高曝光度嘛!坐在轮椅上多抢版面啊!"

杨樱在内心里翻了个大白眼。天下老板还真是一般黑!她有时候甚至怀疑当年答应SUN帮他完成梦想是一个错误,要是他是一个平凡的男孩应该会自由快乐许多。因为他的性格根本就不适宜踏进娱乐圈这个是非之地。

虽然他不属于这里，却付出了一切的努力，走到了今天，又何必为一个女孩，而弄丢他这么多年辛苦的努力呢！

杨樱有时并不明白SUN怎么会为一个平凡得不能再平凡的女孩付出那么多，就如她更不明白为什么自己会在SUN的身上倾其所有……

"真香啊！"张龙像只小狗一样嗅到柏灵身边，"看不出来你还有这个手艺！"柏灵的爸妈还有弟弟都出动去医院看SUN了，张龙才有机会走进了他们家。

"嘿嘿！我也只会煲汤，妈妈说只有这招才能抓住男人的胃。"

"你想抓住那个明星的胃吗？"张龙撇撇嘴。

"不是啦！"柏灵推开张龙的脑袋，开始往保温瓶里装刚刚煲好的财鱼汤，"'鼻涕泉'是为我受伤的啊，就算报恩我也应该为他煲这碗烫的。对吧？"说完，柏灵乖乖地看向张龙，"不过我答应你，等SUN好了以后，我就只煲给你一个人喝！"

说到这里，突然张龙一把将柏灵拉到自己怀中："对不起……对不起，灵儿！"

突如其来的动作，让柏灵有些无措："怎么啦？为什么要说对不起？"

"因为那天我没能保护你！"他越说手的力道就越大，几乎要将柏灵的骨头挤散掉，"对不起……对不起……你相信我，我当时好想冲过去救你，但是一看见车冲向你，我就犹如要被车撞上般，脚不能挪动半步，心脏濒临停止，我几乎要晕过去，你相信我！"

"我相信你！我相信你！"柏灵不知道自己对张龙的影响竟然如此大。

"真的？"

柏灵用力地点头。

张龙借此气氛从口袋里拿出一枚戒指，放在柏灵手中。柏灵有点惊愕地看着张龙："你怎么突然送这个给我？"

"这是我答应你，不会再让你受伤的承诺。"

说着，张龙将戒指戴在了柏灵的手指上，柏灵欢喜地说真好看。

"好看，你也不舍得把SUN送你的戒指拿下来，更显得我送的戒指廉价。"张龙抱着胸装作生气地说。

"可是……可是这是我答应SUN宣传期间要带的戒指，不能随便取下来的。"柏灵有点为难。

"看来你心里还是有他！"张龙像小孩子得不到想要的东西一样委曲。

"好啦！好啦！我取下来就是了，但……"

"我知道你在想什么，你怕你取下来后容易弄丢。对吧？你要是相信我的话，戒指就由我帮你保管，宣传时需要它我就给你，你这个小马虎，最爱丢三落四了！"张龙刮了下柏灵的小鼻子。

比起带SUN的戒指，柏灵当然更喜欢戴张龙给他的那枚。既然张龙答应帮她保管，那也没什么好担心的了。柏灵取下戒指递给了张龙："你一定要好好保管呃！要是不见了，我可真赔不起！好了，我现在去看SUN。"

"我也陪你去吧！"

"啊？为什么？"

"笨丫头，因为他救了我的女朋友啊！我当然应该去看看他！"

"张龙真是个大好人呢！"柏灵美滋滋地叫着，却没发现张龙的眼睛中闪过一丝狡黠。

"我是世界上唯一爱着柏灵这个凶八婆的傻瓜！"

"柏文不要瞎写了，你姐姐来了会生气的！"

"姐夫，想拥有甜蜜的爱情是要付出face的，就算是被我姐姐看到牺牲生命也值得啊！"柏文拿着彩笔兴高采烈地在SUN打了石膏的腿上乱涂乱画。

"死小子！你怎么可以趁你姐夫受伤的时候欺负他呢？"SUN在心中暗喜，做主的人来了。

还不等SUN的脸上换上感激的笑容，柏灵的老妈凶巴巴地夺过柏文手上的笔："再说你这字也写得太差了，说了平时要你好好练字！让妈妈来写遍你看看，写字要讲求内劲。"说着便将刚才那句又龙飞凤舞地在SUN的石膏腿上写了遍，还不忘问SUN一句："还是我写得比较好吧？"

SUN只有傻笑的分了。

"你们写这个在SUN的腿上，不是让柏灵看到后生气吗？"刚从洗手间回来的爸爸，看到了这一幕不由沉下了脸。SUN连忙赞同地点头，谁知爸爸径直走过去，一把抢过老婆手中的笔，"要写也应该写这句，'亲爱的柏灵儿嫁给我吧！我为了你，不光愿意断条腿，甚至愿意放弃生命'，灵儿还不感动得以身相许才怪呢！"说着老爸满怀深情地在SUN的石膏腿上写下这句。

"不对！不对！这句不够唯美！"柏文再次夺过笔在石膏没有写字的地方，留下自己的笔迹。

"你们俩的字都不够好看，看我的。"

"哪有我写得深情！"

瞬间，一家人开始在SUN受伤的石膏腿前，你挤我、我撞你地抢着留下笔迹，完全不顾及他们现在正在一个受伤的人身上乱涂乱画。

"喂！你们在干吗？"一声巨吼震飞他们手中的彩笔。

柏灵拎着保温瓶盯着他们。

"灵儿来了啊！我们没什么事情了，要走了！"老妈拉上还没弄清楚状况的老爸，和正趴在地上四处找彩笔的柏文往外拖，"走啦！走啦！"

走出病房时，老妈还不忘补上一句："好好照顾SUN啊，他可是为你受伤的！"然后暧昧地笑着关上了病房门。

这家星级医院的最高一层楼全被SUN的公司包了下来，楼梯口有保镖看护，所以柏灵的老妈一点都不担心有人会来打扰她的女儿和SUN谈情说爱。

为她受伤的，她知道！不必一天说N遍来提醒她吧！柏灵转头看SUN，他正在偷偷地笑。

"笑什么笑！在上面乱涂乱画，应该很疼吧？为什么就不会发脾气，难道你有被虐待倾向啊？"柏灵走过去有些气恼地看着SUN已经被涂鸦得不成样子的石膏腿。

SUN还是嘿嘿地傻笑。

"我看，你是连脑袋一起撞坏了！"柏灵埋怨地拍拍SUN的脑门，"来！喝财鱼汤吧，伤口好得比较快！"

SUN伸伸脖子，示意柏灵喂他。

"你……你撞断的是手吗？啊？"柏灵虽然气得牙痒痒，但还是揭开盖子一口口喂给SUN喝。毕竟人家也是为她受伤的，于情于理她都应该照顾他。"好喝吗？"

"好喝！"SUN美滋滋地喝着，仿佛自己是世界上最幸福的人。"灵儿，你记得不记得我小时候最怕喝药，可是只要你喂我喝，我就乖乖地喝！还说很好喝！"

说到这里，柏灵不由自鸣得意起来："你知道吗？那是因为我在药里面放巧克力了！"

"其实我很想告诉你，放了巧克力更难喝，只因为你太凶了，我才乖乖喝下去，要不然，你会捏着我的嘴巴灌下去，为了保全我的小命我也只有说好喝了！"

"那你就是在变相说我今天炖得汤不好喝吧？"柏灵指节被捏得咔咔作响。

"哪有？其实我想表达的意思是，只要是你给我喝的，再苦也是甜的！"真诚的眼神让柏灵有些不知所措，"喝汤也堵不住你的嘴，你就给我安安静静地喝汤，再唧唧歪歪小心我敲爆你的头！"柏灵往SUN头上敲了一记以示警告。

　　柏灵一口一口喂给SUN喝，SUN目不转睛地盯着柏灵瞧，柏灵恶狠狠地瞪了回去，SUN只好像个受了委屈的小媳妇样，乖乖地低头喝着汤。

　　保镖突然敲门进来："门外有位先生说是你们的朋友，您确认一下。"

　　SUN看见张龙抱着一个水果篮和一束花走进房间，点点头示意。保镖明白后关上门。

　　"你们还真是亲密无间啊！"张龙皱着眉，嘴角露出一抹似笑非笑的冷嘲。

　　"我们从小就很亲密无间呢！"SUN很自然地回一句。

　　"灵儿……去找个花瓶把我的花插起来！"张龙心里隐隐不快，俊脸更是阴云密布。他将手中的花递给柏灵。

　　柏灵有些放心不下，生怕他们在病房里上演第三次世界大战。

　　"放心出去吧！我怎么会欺负一个病人！笨丫头！"张龙故作温柔地抚抚她的头。柏灵这才放心地走出门："喂！要和平相处哦！"

　　待柏灵走后，SUN开口："灵儿真很喜欢你，我请求你不要伤害他！"

　　"你拿什么条件跟我换，能带我走进娱乐圈还是给我很多钱？如果你这两样都能给我，我兴许可以把灵儿让给你！"张龙冷笑道。

　　"混蛋，你当灵儿是什么？筹码吗？"SUN恨不得从床上跳起来，爆抽这小子一顿，"灵儿对你那么好，你这样对她，难道都不心虚吗？"

　　"说到她对我好，确实，灵儿对我挺好的，我想要什么她都会给我，比如说……"张龙从口袋里拿出骄阳戒指故意摆弄给SUN看，"你送他的戒指，我只用地摊上十几元的戒指就换了这枚由著名设计师设计的骄阳戒指，你说这个戒指值多少钱呢？"

　　SUN整个身体都在发抖："你这小子……是个畜生……"他几乎想

辛德瑞拉的必杀技1

扑过去。

张龙则依然面不红心不跳："嘘！小声点，我听到柏灵的脚步声喽！她吩咐了，让我们和平相处！如果她进来见你这么凶对我，以后可不会熬汤给你喝了！"

"你……"

正好柏灵推门进来，见张龙在笑："你们在聊什么呢？看来还挺投机。"

"是呀！我们俩聊得可开心了，对了！我先回去，准备晚上去酒吧演出的曲目，你就在这好好陪SUN吧。毕竟他救了你！"张龙在柏灵的脸颊上留下一个吻后，笑着离开了。

痛苦的SUN注意到柏灵的手上确实没有了他送的那枚戒指，取而代之的是另一枚戒指，生气地问："我送你的戒指呢？为什么不戴？"

"哦——你知道的，那枚戒指太贵重了，我怕做事的时候弄坏了，反正那个戒指也只是在媒体面前做戏用用的道具嘛！"

什么？道具？这明明就是他亲自画图为柏灵打造的。

"我送给你的就是让你戴上的，现在我们还在宣传期，如果被记者发现你没戴戒指，指不定他们又要登出什么新闻，那假装交往的关系不就暴露了？"SUN激动地吼道，"就算你不愿意带，也不能给别人保管啊，这个道具……这个道具你到做完这张专辑还得还给我的……"

"啊……你个小气鬼！"真是越有钱越抠门啊！

"一定要拿回来！听见没？"柏灵从没见SUN这么生气，虽然她很想顶回去，但是觉得这次自己做得确实有些不对，只好答应。"好好！我回家后就把他拿回来，这总该行了吧？"

SUN这才平静下来，低着头不再说什么。

"你又找我干吗？我都说过我不是灵歌，要找灵歌找你们家柏灵去！"蒋晓舞极度不耐烦地盯着站在自己对面的张龙，"要是你找我就是为了这个，恕我不能奉陪！"

"灵歌，你真不想出现在舞台上吗？"张龙轻描淡写地说道。

"我都说过我不是灵歌！"蒋晓舞吼回去。

"可是过了你们校庆的歌唱比赛后，你将成为唱片公司竞相争抢的灵歌！"张龙抛出极具诱惑地一句话。

"你说什么？我成为灵歌？"蒋晓舞愣了一下，然后冷笑，"你似乎病得不轻……我为什么会赴你的约，真是搞不懂！"蒋晓舞冷笑着准备离开。

"我知道谁是灵歌，而且那人你也认识。"

如爆炸的惊雷，蒋晓舞的笑容僵住了，似乎预感到什么。她猛回头："谁是灵歌？该不会是柏灵吧？"

张龙耸耸肩："正如你所说的，她便是灵歌！"

蒋晓舞不由倒退几步："这……这是真的？她……她这么平凡，怎么可能是……是灵歌？

"所以起先我也不信，觉得这样有才的女生应该是你！"

蒋晓舞的脑袋里似乎有飓风经过，一片暴躁和混乱，脸部的表情也几乎失去控制："我还曾经一直认为自己很强，想改变她，真是可笑……原来我被人耍了还不自知！"她对天冷笑几声，"既然她是灵歌，为什么有唱片公司寻找却不出现！"

"因为她对自己没有信心，所以你能代替她成为灵歌！"

"我……怎么可能？"

"既然她不愿意出来，还不愿意把机会留给自己最好的朋友吗？你了解柏灵的，她可以为朋友赴汤蹈火……"张龙深深地了解柏灵的弱点，当然更了解的是蒋晓舞的欲望。"我想你也不会错过校庆歌唱比赛这个好机会，虽然SUN已经挑选出了自己的合唱对象，但毕竟这个比赛是聚光承办的，相当于一个选秀吧，八卦的媒体一定不会放过这个机会进行跟踪拍摄，你要是在当天表明自己是灵歌这个身份，相信你马上就能红起来，别说是唱片专辑了，就连电影都能拍了！"

"这行得通吗？我要说自己是灵歌，大家会信吗？"

"当然！你当天肯定要唱灵歌的歌，而且声音一定要像，聚光公司不是当天就带合约来签新人吗？把合约一签，以后怎么也好办了，就算聚光知道你不是灵歌，他们也会睁只眼闭只眼，把你当作灵歌去包装，必定能签下灵歌的公司，唱片一定会大卖的，不是吗？"张龙几乎分析得头头是道，让蒋晓舞有了铤而走险的想法："可是我和灵歌的声音不太像！应该放原音碟吗？"

"那种方法太不安全，最好的方法就是你去请求柏灵在幕后为你唱歌，而你对口型就OK了！"

"找柏灵？"蒋晓舞猛摇头，"就算柏灵答应了，话筒也会穿帮！"

"到当天我会给你一支话筒，那是明星专门用来在演唱会上假唱的，声音的进出都由录音车上的工作人员控制，柏灵会在那个录音车上的录音棚里为你唱歌，你只需要打扮得漂漂亮亮来迷惑下面的观众和聚光的评委还有高层就行，像你这么美丽的女孩一定知道该怎么做，但是那些都是后话，现在最重要的就是你怎么去说服柏灵帮你！其他的我来为你安排，我有好多朋友是做这些幕后活的。"

"你……你为什么要帮我？你有这么好心？"蒋晓舞觉得和张龙没有深交，他这么帮她一定是有目的的。

"说实在话，我们是各取所需。我看不习惯SUN和柏灵那种若即若离的感情，如果你能成为明星，自然可以接近同一个公司的SUN，以你的聪明美貌，肯定会让SUN对你倾心，而柏灵也只能乖乖地只想我一个人！"

蒋晓舞冷哼一声："看不出来，你为柏灵还费了不少心！就为了她？没别的吧？"

"当然，我的乐队一定要成为你当天演出的现场乐队，你红了，我的乐队也能沾沾光嘛！"

"这应该才是重点吧！"蒋晓舞自作聪明地以为，她已经摸清了张龙的动机，有些沾沾自喜，"我喜欢目的明确的交易，这个条件我答应，柏灵我来说服，你去联系我当天的所需吧！希望我们合作愉快！"
她向张龙伸出了右手，张龙微微一笑，也伸出了右手与她交握："祝你
一夜成名！"

在社会上历练这么多年的张龙，早已可以轻松做到表里不一。为了
前途他甚至可以丢弃一切，包括善良和道德……

一大早，杨樱将连夜做好的SUN和柏灵的合唱新歌《冰淇淋的爱甜
蜜蜜》的Single陆续送去了各家媒体和音乐榜，进行全面宣传轰炸。但是
有一件事情一直让她觉得奇怪。不知为什么，她总觉得柏灵的声音，像
一个人，但就是想不起来到底像谁。那声音太有灵气，如果早一点被发
现，说不定她也可以成为一个很好的歌手。

她边想着边走进聚光位于市中心的大楼。已经接近中午的时间，她
决定去温蓉办公室简单汇报一下工作就赶去医院看看SUN。这段时间他
可算是霉到极点，也不知道是得罪了哪路人马，只要有SUN参加的宣
传活动，都会出这样那样的意外，歌迷被打、宣传活动的场地被砸、舞
台道具意外伤人等等。虽然警方已经介入了调查，但是这种毫无目的性
的犯罪行为，让警方完全无从下手。但是杨樱很明白，这一切都是针对
SUN的。SUN在拍戏的时候得罪过什么人？或是新进的和SUN走同样路
线的明星为了扫平对手，所以……杨樱的大脑如电脑般快速运转，脑海
里不停地搜索出可疑的人物，又经过分析后删除……快走到温蓉办公室
门口时，不经意撞上了迎面走来的人，她连忙道歉："对不起，不好意
思……"

那人摇摇头，向外走去。杨樱看他的背影有几分眼熟，在哪里见过
呢？突然一个名字蹦进了她的脑海——张龙！杨樱转身问温蓉办公室外
的秘书："他来见过温总？"

"是！一早就到门口守着了，本来温总不见他的，可是他说他
知道灵歌的事情，所以温总就让他进去了！"秘书神秘兮兮地悄声说
道，"好像这次灵歌的事情确实有眉目了！要不然也不会谈这么长时间

吧……"

杨樱若有所思地敲门走进温蓉的办公室，看见温蓉正惬意地喝着一杯奶茶，这是她心情舒畅的表现。

"刚才进来的那个男生知道灵歌的下落？"

"嗯！"

"他的话可信度不高！"杨樱想提醒老板，这个男生的心地并不单纯，倒是热脸贴了冷屁股。"这个我自有分寸，你现在要关心的是你手上的艺人，SUN现在的人气正在急速下滑，这段时间没有公司找他代言产品，更没有任何活动请他去参加，连原本谈好的一部贺岁片也因为他的脚伤制片方换人了……"

"这不是SUN的问题，是因为有人故意进行破坏！"

"现在不是谁在搞破坏的问题，是SUN还有没有市场的问题……我曾经提醒过你，SUN就是一匹难以驯服的野马，他有自己的生活方式，并不受娱乐圈戒条的约束。现在惹出事情了吧！还记得他打过大田公司的人吗？那些人，没有黑社会背景怎么敢去做非法勾当？那次事件虽然他们被端掉了黑窝，但是那个主犯姓唐的跑了，打击报复也是轻而易举的事情。SUN在明他们在暗，他们只是闹闹事就可以毁掉SUN的前程，毁掉我们这些年在他身上付出的一切！"

SUN大把为公司赚钱的时候，她可不是这个态度！杨樱是这么想的，可并没有开口说出来，她不想加深SUN和公司的矛盾！但她已有了不好的预感，便试探地问了句："SUN马上就要续约合同了，这次准备签多少年？"

"这个再议吧！"温蓉老练地一笔带过，低头开始看文件。这便是在送客了，杨樱怎会看不出来，轻轻颔首后快步走出了温蓉的办公室。

现在公司的意思已经很明确了。如果灵歌真的出现，SUN在公司的地位将岌岌可危。如果在短时间内不能查出故意和SUN捣乱的人，SUN可能马上面临的将是无约可签。因为哪家公司又会接纳一个专门制造危机和麻烦的人呢？她绝不能让这样事情发生。

夜上浓妆，城市好像睡去了。

柏灵接到蒋晓舞的电话，就从SUN的医院跑出来，SUN执意要他的司机开车送她去跟蒋晓舞见面。

靠坐在"冰雪皇后"的落地窗旁，蒋晓舞看着柏灵从一辆BMW上走下来。她下意识地捏紧手中的吸管，柏灵真会是灵歌？蒋晓舞直到现在还无法接受这个事实。难道好运选择降临真那么极端吗？不是有钱人家的柳苏苏，就是平凡得不能再平凡的柏灵？只有她永远得不到幸运之神的眷顾。既然幸运之神不赐予她，她将自己去夺过来……

"晓舞！"柏灵匆匆地走了进来。

蒋晓舞马上送去一脸甜美的笑容："当了大明星就是不一样了！"

"我……"柏灵有些难堪，不知道怎么开口。

谁知道，蒋晓舞推过去一杯巧克力奶茶："我的柏灵就是厉害！加椰果的，你最喜欢！"

柏灵一把抱住蒋晓舞的脑袋，在怀里磨蹭："还是晓舞你最了解我！"

"哎哟！放开我啦死丫头！被记者拍到可是绯闻。"蒋晓舞强行把脑袋从柏灵的怀里拉出来。

"怕什么！说咱们是同性恋又怎么着，只要能回到我们以前在一起的快乐日子就好！再说，我哪有那么大的知名度，还有狗仔队跟着！"柏灵撒娇地一把又抱住蒋晓舞，"晓舞，以后你不准再随便生我的气了，我们永远都是好朋友。好不好？"

"唉！"蒋晓舞重重地叹了口气，"这怎么可能呢，我们不可能再像从前那样了……灵儿……"

"为什么啊？"柏灵急切地问道。

"因为我们已经不是同一个世界里的人了，你已经跻身娱乐界了，是亚洲小天王SUN的女朋友，而我只是一个平凡得不能再平凡的高中生而已。等你慢慢融入那个世界，有了娱乐圈的朋友，我们的关系就会慢

慢淡去了！"蒋晓舞装作伤感地吸口饮料，"不过只要你发展得好，我就开心了，就算我们以后很难见面了，我也默默为你祝福，灵儿！"

"晓舞你说什么啊！我们不会分开的。等SUN将这张专辑做完，他的公司就会召开记者发布会宣告我们分手的消息，到时候我不就回归成普通的高中生，和我亲爱的蒋晓舞过着无忧无虑的生活了吗？"

"可是……可是你的生活不会平凡……因为你是灵歌啊！"

如当头一棒，柏灵差点被砸晕过去。谁？是谁告诉了蒋晓舞她是灵歌？

"灵儿，你不用想是谁告诉我的，其实我早就知道了——我们俩是最好的朋友啊！最好的朋友可是心灵相通的啊！我每次提起灵歌时你都躲闪，你甚至说不出你和灵歌认识的来龙去脉，让我早就察觉你就是灵歌。而作为朋友，为了保护你的隐私，我一直装作不知道。"蒋晓舞耸耸肩笑道，"看我装得像吧？"

"对不起晓舞，我不知道你默默为我保守秘密这么长时间，我知道不该连你也隐瞒，可……可我是迫不得已的……"柏灵为拥有这样的朋友而开心，更为自己对朋友隐瞒事实而自责地掉下眼泪。

"没什么，我知道你很为难，反正你要加油！就算你不是SUN的女朋友了，你也可以以灵歌的名义做到最好！"蒋晓舞装作无比支持地抓住柏灵的手，"我们永远是最好的朋友，对吧？就算你以后成为大明星也好，我都会把你当作这辈子最铁的死党！"

"不！我不会进入娱乐圈，因为我不会以灵歌的身份出现，蒋晓舞，你相信我，等这一切结束后，我会是以前那个普通得不能再普通的草根女柏灵！"柏灵也紧紧握住了蒋晓舞的手，生怕她马上会消失一般。

"不可能的，柏灵，那些唱片公司神通广大，现在才刚刚开始寻找，等以后他们会借助各种手段。你总有一天会曝光，进入娱乐圈！可是我真不放心你啊，灵儿！娱乐圈那么混乱，没有我在旁边陪着你，要是有人欺负你、害你怎么办？你那么善良！唉！只怪我自己不努力，每次都那么笨，上次大田公司的事件还害得你和SUN背上黑锅，对不起……对不起……可我真的已经尽力了。"说到这里，蒋晓舞已经声泪俱下了。不过她确实想哭，她哭自己这么努力，为什么好处总被别人捡到。

"晓舞你很优秀的，只是你的机会还没来……"柏灵心疼地不停抚着蒋晓舞的肩。

"对于我这样既无才又无财的人，机会怎么可能降临我！"

"笨丫头，机会是要自己创造的。学校的校庆歌唱比赛就要到了，那可是聚光的选秀大赛，既然他们那么想找到灵歌，你就说你是灵歌好了，然后用我给你录好的光碟假唱，一切也就OK了！"柏灵为自己想到一个两全其美的方法而开心，她以后既可以在幕后安心写歌录歌，不遭到各家唱片公司的通缉，也完成了蒋晓舞的心愿，没有比这个更好的方法了。

蒋晓舞窃喜，终于等到柏灵说出这句话了："真的可以这样吗？不要，我不要抢了你的成就！"

"笨晓舞，你没抢啊！是我甘心给你的，我说过，我不想进入什么娱乐界，我只喜欢自己默默地唱歌！而闪耀的你才属于舞台……"

"灵儿你让我完成了梦想，我该怎么报答你啊！"

"成为一辈子的好朋友，别离开就行！"

"我怎么会离开你，以后咱们还要做娱乐圈的霹雳娇娃呢！"蒋晓舞兴奋之余赶忙转入正题，"可是……放碟假唱肯定会被发现的，不如你在幕后演唱，我在前台假唱，这样会更安全，如果出现异常情况也可以收放自如！"

"我在后台帮你唱，不太可能吧？我们学校可没有那么先进的设备，而且后台都是人，很容易穿帮的！"

"这你就不用担心了，张龙会有办法！"

"张龙？"这又和张龙扯上什么关系？

蒋晓舞没想到自己会说漏嘴，连忙圆道："我不是跟他见过面

吗？听他说过他有朋友精通这个，还跟我说有这方面的事情可以找他帮忙！"

"哦！那倒是可以找他！"

蒋晓舞一把抱住柏灵："我知道这个世界上只有你对我最好了！"

"傻丫头，我们是最好的朋友嘛。"

一切就像一个局，有人会深陷其中。只是，谁又会知道真正的赢家是谁？谁又能防备得了？螳螂捕蝉，黄雀在后。

第七章

谜底揭晓 灵歌现身

"朋友一生一起走……"

坐在回程的公车上，柏灵还沉浸在和蒋晓舞和好的美好情绪中，对着窗外哼唱着所有赞美友情的歌曲。

夜色茫茫，霓虹闪耀，甜蜜的情侣们手牵手漫步在街头。柏灵期待着自己什么时候才可以和张龙牵着手漫步约会，对！他们还没有过一次真正的约会，得提上议程好好设计一下呢！就在柏灵偷笑之时，她的表情突然僵住了……那个在路边和女孩子有说有笑的人不正是张龙吗？柏灵以为自己看错了，把脑袋整个伸出窗外，刚好公车又到站停车，这下看得再清楚不过，不但看清楚张龙的脸，连张龙身边那个女孩也看得一清二楚，这不是那个叫小美的酒吧老板娘吗？为什么张龙会在大街上和她共吃一个冰淇淋？只是普通朋友，这有点说不过去吧？

"司机停车！"柏灵大呼一声，刚起步的公车猛地刹住了，柏灵也因为着急起身，而被惯性甩到车门边，但是她顾不了摔倒的疼痛，在司机和乘客的埋怨声中匆匆跑下车去。她多希望自己能看花眼，可直到跑到张龙面前，她才不得不承认，事实是残忍的。

还是小美先发现了站在张龙身后的柏灵，她有些看好戏似的指指张龙身后，张龙回头，吃惊地愣在那里。

"你们不是朋友吗？为什么要牵手？为什么要吃同一支冰淇淋？"柏灵不顾一切地大吼出声。

"唉！小妹妹发飙了，我就先退场了！"小美轻笑，回手拦下一辆的士。

"小美……"张龙伸手没能抓住关上的车门，的士扬长而去。他转身狠狠盯着柏灵，"你跟踪我？"

"什么？"柏灵没想到张龙会反过来质问她，一时有些语塞，"我……"

"你当我是什么？你对自己这么没信心吗？"张龙很轻易地又占了主动，"和小女生谈恋爱就是麻烦，猜疑、任性，无聊！"冷冰冰扔下

话后，张龙也拦下一辆的士朝小美远去的方向追去。

柏灵呆站在原地，不知道自己到底做错了什么。难道她不应该跑下来找他，她应该让自己的男朋友和别的女孩在街边手牵手，一起吃冰淇淋而置之不理？这是什么法则？柏灵不能理解，她只知道自己现在好痛苦，心犹如被大锤砸出了个窟窿，四分五裂地疼，难受到她只能蹲在地上抽泣，就像被人丢弃在路边的小弃犬。

就在这个时候，她的手机响了，应该是张龙打电话来道歉的。他肯定知道不该将她扔在路边，柏灵连忙按下接听键，可怜巴巴带着哭腔地应了一声。

"灵儿你哭了，谁欺负你了！"

原来不是张龙，是SUN！原来他根本就不在乎自己一个人在路边会怎样。柏灵的眼泪终于像绝了堤的洪水排山倒海般地泄了出来，她已不在乎来往路人怎么看她，她只想大声地哭出自己的委屈。

"你在哪儿？灵儿！"手机里传出SUN心急的叫喊声，而柏灵的哭声却淹没了一切。

不知过了多久，柏灵哭累了，像个小乞丐一样靠坐在路边，她奢望着张龙会转回来找她，如果她不在了怎么办。她数着手表上的秒针滴答滴答地走过，突然一个熟悉的声音兴奋地叫道："灵儿，终于找到你了！"

柏灵抬头，是拄着拐杖的SUN。

"你急死我了！我都快把这城市跑了大半圈了。"

"你怎么跑出来了？"柏灵有些泄气，有些失望。她多希望叫她的是张龙啊。

"废话，还不是你哭得跟什么似的，你以为我这样还有心情出来逛街啊！"SUN把拐杖一扔也坐到了路边，"肯定又是张龙那小子欺负你了！"SUN心疼地拉过柏灵的脑袋，"看你没用的劲儿，平时那野蛮的你到底跑哪儿去了，眼睛哭肿得跟大水蜜桃似的！"

"你就是千里迢迢找来笑话我的吗？"柏灵看见SUN满头大汗，不停地喘着粗气，有些气恼，"伤口还没有好，谁叫你到处跑的！"

"你都哭成这样了，我怎么躺得住啊！好在你身后有家麦当劳不停地播放《更多选择更多欢笑》……我坐着的士，找遍了所有有麦当劳的地方，这才找到你，要不然非急死我不可！"

"你干吗对我这么好啊？"

"因为……因为我是你男朋友啊！虽然只是宣传期内的，但是我也要尽职尽责啊！"SUN好想说出自己有多么喜欢她，可惜，他知道这样只会将柏灵吓得离他更远。

"傻丫头！"还不待柏灵有所反应，张龙已经一把将她从地上扯起来，拥入怀抱，"我回家后发现你没回来，就沿路找你，我知道错了，我刚才太激动了。"

柏灵一看是张龙，所有眼泪又抑制不住地涌了出来："你干吗去追别人，不管我!"

"她是我老板！她生气了我不追她，我以后在哪儿混饭吃啊！再说了，我们只是一般的朋友，你那样误会我和她的关系，人家当然会生气了，她一个酒吧老板怎么会看得上我……"

"真的？那你为什么和她牵手，吃一支冰淇淋？"柏灵赌气地捶他的肩膀。

"她今天鞋跟穿得太高，扭了脚让我扶着她，然后我买了一支冰淇淋，她平常是不吃冰淇淋的，怕胖，今天又突然想吃，非要跟我抢着吃！只是个巧合……"

"那你以后不许跟别人吃一个冰淇淋了，不许牵别人的手！"

"是！是！只牵你的手，只和你吃一支冰淇淋，行了吧！你这个小丫头真是让我担心死了……这么晚还不回家，碰到坏人怎么办？"

"遇到坏人，就让你后悔一辈子……"柏灵赌气地恶狠狠地瞪他，"还不谢谢SUN？他听我哭了，就找过来陪我，有他这个高手在，我不会碰上坏人！"

张龙这才走过去，扶起坐在地上狠狠盯着他的SUN："哟！大明

星可不能坐地上啊！我女朋友真是劳烦你费心了，都这样了，还跑出来！"

"你骗人的技巧太差了！也只有灵儿会信你……"SUN死死捏住张龙扶他起来的手，那力道似乎要将他捏断，"你要和灵儿在一起，就不要再去找别人，你要再让他这样伤心，我会让你死得很难看！"

"嘘！小声点，别让柏灵听见，那会很伤心的！"张龙无所谓地笑道。

"我们送你回医院吧，你这么远来找我！"搞不清楚状况的柏灵有些不好意思地对SUN说道。

"他说自己会回去，不会当电灯泡打扰我们的，我还要带你去吃冰淇淋。是吧？SUN！"张龙说着，帮SUN拦下一辆的士。

"你……"SUN踉跄地被张龙拖向的士的停靠处。

"大明星你听清楚，你今天拥有的一切我都会得到，你喜欢的东西我都会夺过来……"他笑容可掬地将SUN塞入的士，"特别提醒你一下，你不要再接近柏灵，你接近她一次，我就让她伤心痛苦一次……"

"你敢……"

"她喜欢的是我，所以我现在没什么做不到的……你别逼我，要不然我会换着花样地伤害她……不信我们试试看……"说完，张龙猛地关上车门，牵着柏灵的手跟他挥手道别。

看着柏灵挥手的可爱笑容，SUN压抑地嘶吼一声，死命地让自己闭上眼睛，不让自己再去看她。他以后不能再接近柏灵，因为他不想她再受到伤害。

在冰淇淋店张龙挑了一个超大冰淇淋递给有些发呆的柏灵。

"傻丫头，在想什么呢？"

"我想自己会不会太没义气，SUN找了大半个城市才找到我，他腿都那样了，我还不送他回医院，真是的……"

"都走这么久了，你还想着他啊！你男朋友在你面前，你却在想别

人，我简直太失败了。"张龙故作生气。

"你还说我老家在镇江，你老家才在镇江呢！"柏灵抢过张龙手上的冰淇淋咬上一大口。她不知道自己怎么了，看见SUN离开时看她的眼神，感觉自己的心被什么撞击了一下，不疼但是感觉怪怪的，脑袋里现在全是SUN的影像，犹如数码电影一般清晰！完蛋了！好在张龙没有放蛔虫在她脑袋里！柏灵使劲拍拍自己的脑袋。

"傻丫头，你把脑袋冰坏了吗？为什么要打自己？"张龙奇怪地看着她。

"没有啊……"柏灵赶快扯开话题，"蒋晓舞说你可以找到帮人假唱的设备……"

"哦！对！是有个朋友做这个，很多大明星开演唱会都是假唱，都用过他的人马和设备！"

"还有这方面的专业人才？"柏灵感到奇怪。

"假唱也是靠技巧的，什么时候该把话筒的声音推开，什么时候该放音乐……"

"这样唱歌，真没意思！"柏灵撇撇嘴。

"哎哟！哪像您灵歌小姐是实力派呢！"

柏灵一把将冰淇淋塞进张龙嘴里："不准笑话我！"

张龙一把抱起她，认真地说："谁笑话你了？你真的很厉害，我的傻丫头，我怎么没有早一点认识你！"

柏灵的小脸通红："那你会帮蒋晓舞吗？我要让她成为灵歌。"

张龙放下她："她确实跟我打过电话了，虽然我不赞成，她借你的名气出名，但是怎么办呢？她是你的死党，我不知道该怎么拒绝她！"

"对！你不要拒绝她，蒋晓舞对我可好了，在学校里她老帮着我——"柏灵死劲地点着头，生怕张龙会拒绝帮蒋晓舞。

"是，是，是！看你的面子，那天我还把我的乐队调过去为她帮忙呢！"

"你的乐队？"

"是呀！加上乐队的现场伴奏，蒋晓舞唱起来效果就会更好，不是吗？"

"对哦！我怎么没想到，还有当天会是聚光公司的选秀赛，你们乐队那么厉害，说不定你们会被聚光看中了！"

"嗯！虽然不在计划范围内，但是希望如此吧！"张龙故作无所谓地说道。

"什么希望如此，你们乐队这么厉害，一定行的！离校庆演出没有几天了，你和蒋晓舞都要加油呢！我支持你们！"柏灵高高举起双手，快活地像只小鸟在前面蹦蹦跳跳。张龙默默地在后面点燃香烟，对天吐出一圈烟圈——灵歌你一定得红，你不红我怎么跟着你红起来！

SUN是生气了吗？自从那天晚上后，就不太爱搭理柏灵了，难道是因为她没送他回医院生气了？柏灵有些懊恼，觉得自己确实做错了，别人伤成这样还满世界找你，就说了句客气话，放人家一个人回医院了！唉！柏灵不停敲自己的脑袋，骂自己没义气。她想尽各种方法讨好SUN，逗他开心，但是SUN却还是一副冷冰冰的样子，换作以前她应该很开心啊！那个"鼻涕泉"再也不会缠着她烦她了，可是为什么，突然间柏灵觉得这个世界少了点什么——不对！不是少了一点，是少了很多！

今天是校庆，聚光公司举行选秀比赛的日子。虽然晚上要赶去给蒋晓舞帮忙，但是早上柏灵还是决定先去趟医院。因为听说今天晚上SUN会是聚光公司选秀比赛的评委，所以会提前出院，她要去接他出院，以表诚意，起码人家也是为她受伤的嘛！

当她推开病房门时，展现在她眼前的是一副其乐融融的景象。杨樱正在切蛋糕，然后温柔地递给SUN。SUN因为没有接好而粘了满手的奶油，便开始嬉笑着往杨樱身上擦，状态亲密。以柏灵来看，就像热恋多年的情侣。

柏灵正在犹豫该不该走进去，倒是杨樱先发现了她："你来接SUN

出院啊！进来吧！"

"我……"还不待柏灵回答，SUN就抢着说道："不用进来了，反正我也要走了！"SUN从病床上下来，没有站稳，差点滑倒，柏灵和杨樱都快速上前搀住他。SUN站稳后，巧妙地将手臂从柏灵的手中抽了出来："我们走吧！还要为晚上的活动做做准备！"

"有那么急吗？我特意来接你出院，你连一句话都没时间跟我说吗？"柏灵有些气急，眼泪都快从眼眶里脱眶而出，"你这个小气的鼻涕泉，你这个坏蛋！我做错了什么你可以跟我说啊，为什么不理我！"

"真奇怪，你不是一直觉得我很讨厌吗？现在不是正合你意。杨樱，我们走！"SUN拉过错愕的杨樱往外走。

"可我们不是已经说好再不吵架了吗？像小时候一样！"柏灵不能接受SUN的理由。

"我们都长大了。不是吗？"SUN紧握拳头，他得马上离开，因为每一秒的犹豫都是一场战争，SUN怕自己下一秒就会后悔对她说出口的话："我已经让公司的人去你家拿行李了，杨樱已经帮我在外面租了公寓，从今以后，我不再会去你家了，你高兴了！"SUN冷冷地带上大门，和杨樱走出了病房，面对猛地合上的大门，柏灵有些不知所措，呆站在那里。SUN！那个有着阳光微笑的SUN，那个从来没有对她发过脾气的SUN，去哪里了？这到底是怎么回事？柏灵一屁股坐在病床上，眼泪不由自主地往下落，她用手接住。这次她清楚地意识到，这眼泪是为SUN流的，是为SUN要离开她而流的。

不知在医院呆坐了多久，直到她感觉太阳快要落山了，才意识到自己还有任务在身，匆匆跑进学校的大剧院，见张龙正在大厅里焦急地等着她，心里顿生愧疚："张龙对不起！我去接SUN出院了，所以……"话刚说出口柏灵就后悔了，张龙不喜欢她提到SUN，可是意外的是，今天张龙并没生气，而是将一套精致的小礼服递给她："快去换衣服，马上就要上场了！"

柏灵有些无措地推开小礼服，困惑地说："我只是在录音车里唱，干吗穿得这么夸张！"

"可这是我第一次登台演出，说不定我真能被聚光看中呢！到时候我会参加盛大的签约记者招待会，作为我的女伴你是否应该穿得正式一些？"

"但……"

还不等柏灵说完，张龙就将柏灵塞进了一个小房间，

"奇奇怪怪地！"柏灵嘟囔一声，但她看清小房间里站着的一群人后，更惊讶了！

"你们？"

里面站满了拿着各类化妆品和做头发工具的人。

"你们要干吗？我是不是走错了房间？"柏灵死死抓住门把手，几乎下一步就准备夺门而出了。

"柏灵小姐，快一点吧！就快没时间了！"柏灵还来不及打开门跑，就被一群人团团围住，七手八脚地在她脸上、头发上、身上捣来弄去。头顶上的聚光灯，射得她睁不开眼睛，几乎昏昏欲睡。好在马上有人推了她一把："好啦！你可以看看满不满意？"

柏灵抬头看着镜子中的自己，粉红色全蕾丝边的超短小礼服，配上刚做好的齐刘海芭比头，真是细心啊！连指甲也做成了镶有心形亮钻的粉色系，柏灵突然觉得自己如变了一个人似的，看来俗话确实说得不错，马要鞍装，人靠衣装！这么一穿一打扮还真有点星相了。

"好了吗？柏灵，要开始了！"张龙的催促声打断了柏灵的自恋。"好了，来了！"拉开门出去之前，她不由紧张地问道，"我可以走了吗？不需要给钱吧？"

一位工作人员说道："柏灵小姐，不用了，公司已经替您付款了！"

"公司？"柏灵抓着脑门，实在有些想不通，正在这时张龙推开了门："下一个就是蒋晓舞了，别磨蹭了！"

张龙匆匆拉她来到后台旁的录音车上，柏灵几乎要尖叫出声："天啊！这……这是顶级的，所有设备一应俱全，还有最先进的调音设备，和专业的玻璃录音室。张龙这……这真是找你朋友借的？"柏灵几乎对眼前的这一切爱不释手，她除了在网上录歌外，最大的爱好就是在网上收集这些超级录音器材设备的资料。如果照她所知道的知识来估算，这样的一套设备怎么也得好几百万，只有大的唱片公司会投资买它，用来给歌手做巡回演唱会的调音和伴唱。难道张龙的朋友是开唱片公司的？

见柏灵满脸疑惑，张龙连忙将她推进录音棚："你先别管这车是怎么来的，还是先帮你的朋友实现梦想吧！蒋晓舞还等着你呢！"

"哦！那等会你能跟你朋友说说，让我参观参观这车吗？简直太赞了！"

"好了！好好唱呃！"张龙温柔地给她鼓励。

"我又不在台上，一点都不紧张，只当是在唱K，反倒是蒋晓舞，你帮我跟她说一声加油呃！"柏灵边说边看向录音棚里连接的监视器，这个小电视上播放的正是校庆歌唱比赛的现场，台下人山人海，各个选手的亲友团和拉拉队，撕心裂肺地呼喊着，仿佛这个比赛也是属于他们之间无形的战争。

"哎呀！我要上场了！"张龙说着跑开了，柏灵也把好麦，开始做准备。现在只等音乐响起了，只要过了今晚，蒋晓舞的梦想就能实现了。她心里默默地大叫："晓舞！你是最棒的！我们一定要配合好呃！加油！"

舞台上的主持人说道："今天的选手是不是都非常厉害呢？现在有请今晚最后一名选手蒋晓舞，她选唱了现在网络上红得发紫的灵歌的歌曲《深夜的辛德瑞拉》，也许她就是灵歌呃！"主持人故作神秘地说道，"现在就有请蒋晓舞和她的乐队，大家欢迎！"

蒋晓舞在学校的人气当然是没话说了，主持人的话音刚落，整个现场失控般地尖叫，现场乐队演奏的音乐响起，柏灵也投入地唱起来……

知道自己很平凡不像他们那么璀璨　也想提醒这世界我的存在　灰姑娘的故事浪漫　却只是梦幻　今夜的我多么期盼将沉睡的心再度点燃　给我神奇魔法让我醒来　穿上玻璃舞鞋得到你的爱　午夜零时传说就像现在　让生命的奇迹都自己主宰

　　就在同时，她根本就没有发现，舞台上的大屏幕上已经切入了她在玻璃录影棚里的影像。下面的观众都呆愣住了，不知道大屏幕上为什么会出现这个，是在放MTV吗？同学们肯定是没认出这个就是平时和他们同处在一个学校的草根女柏灵，只有坐在评委席的SUN认出了她："柏灵？这是怎么回事？"他问身边的杨樱，杨樱也呆愣在那里，突然她忆起了SUN和柏灵合唱的那首歌曲，不可置信地叫出声来："她？柏灵是灵歌？天啊！"

　　"柏灵是灵歌？你没跟我开玩笑吧？"SUN简直无法接受这个事实，可是这声音，对！他也在网络上听过灵歌的歌曲，和这个声音简直是一模一样！天哪！接下来他预料肯定有事情将会发生，因为坐在贵宾席的聚光董事长温蓉笑了，一切在她掌握之中。

　　就在此时，柏灵突然发现脚下的玻璃房子在动，开始她还觉得是错觉，后来她发现整个玻璃房子跟长了翅膀一样飞……飞了起来！录音车的顶棚也像变戏法一样打开了，怎么会这样！柏灵心里想着，可嘴巴上还得接着唱，生怕会让舞台上又蹦又跳的蒋晓舞露出马脚，当她唱完最后一句"深夜的辛德瑞拉终于找到玻璃舞鞋和爱"时，她的玻璃房子已经伸展到舞台顶端，一道追光射向她，然后是无数喷向天空的烟火，出什么事情啦？天啊！录音车出故障了，柏灵站在玻璃房子里，麦克风也被关掉了，她是叫天天不应，叫地地不灵啊！录音室出现在舞台上了，她等会该怎么解释啊！柏灵现在只能傻乎乎地念着只能欺骗自己的咒语了："你们看不见我，看不见我！"

　　大家的目光瞬间都被这个仿佛天外来客的玻璃房子吸引，唱完等待掌声的蒋晓舞，尴尬地看着场下的观众都盯着自己的头顶看，这……到

底是发生了什么事情，她不由抬起了头，出现在她头顶上方的大玻璃房子，着实把她吓了一大跳。主持人早有准备地上场："大家不要奇怪，这只是我们聚光公司的一个小策划！因为我们已经找到了那个红遍网络的歌手灵歌。"

蒋晓舞没想到自己就唱了一首灵歌的歌曲，还没向外宣布自己是灵歌，聚光就已经听出了这个声音是属于灵歌的。看来是要签约了，要不然干吗搞这么大的阵势，天啊！接下来她该准备演说辞了吧！

舞台下顿时沸腾起来，猜测议论声此起彼伏！卖足了关子的主持人，富有激情地叫道："灵歌远在天边，近在眼前，她就是……"

蒋晓舞不停地微笑着点头致意。

"就是SUN的灰姑娘柏灵小姐，她真是一次一次给人惊喜啊！谢谢你加入聚光……媒体朋友请留一下，马上将会有聚光和灵歌盛大的签约仪式。"

柏灵所在的玻璃房慢慢降下来，无数的镜头和闪光灯对向了她。不要啊！她几乎想从玻璃房里冲出去逃走，那表情估计在报纸上登出来有多狰狞，柏灵自己都想得到了，但是她现在顾不了那么多了，她看到蒋晓舞愤恨的眼神……这不是她愿意的，她要离开这里。

柏灵不顾张龙的劝阻疾步走进休息室，把合同扔向温蓉。

温蓉看着自己精心捕获的猎物气咻咻的样子，心里暗自得意，但依然故作老练沉稳地笑着："原来一直在与我们合作的灰姑娘竟是大名鼎鼎的灵歌啊！真是让我受惊不小啊！难怪你和SUN录歌时老喜欢憋着嗓子唱歌，我还觉得你声音奇怪，原来你是不想曝露身份，呵呵！真有意思！"

"受惊不小？我看这都是被你设计好的吧！你一早就知道我是灵歌了，所以你连合同都为我准备好了，还有那么多热情的记者！"

"我承认早就知道你是灵歌，但是没有人告诉我，我也不会知道啊！"温蓉意味深长地看着不知何时走进休息间的张龙。柏灵回头，看见靠在门边的他。她不知他为何要这么做，他不是说过，会尊重她的选择，永远为她保守这个秘密吗？为什么？

柏灵深深地吸了一口气，尽量平静地说："我承认，我非常热爱音乐，可是……我不愿走上舞台，谁也没有资格逼我到上面去！"

温蓉心里悄悄地颤动了一下："你不懂，观众就有这个资格！他们要是想要，没有人能抗拒！要是不想要，谁也挽回不了。你刚才站在舞台中央，面对他们的时候，难道没有感觉吗？"

舞台！观众！掌声！刚才在舞台上那种隐隐约约的热流又细细涌现，带来一种莫名的期待，在她的内心冲撞。柏灵咽了咽口水，仍然强硬地说："总之，我是绝不会跟你们签约的，灵歌不属于这个舞台，她只属于网络！"她转身逃跑似的离开了休息室。

"你的乐队能不能签约，就看她了。"温蓉对正欲追出去的张龙说道。

张龙轻扯嘴角："我会帮你搞定！你只要记着兑现你的诺言就好！"

"柏灵！"张龙一把抓住朝外奔跑的柏灵："你听我说……"

"我不想听……你欺骗了我。你和聚光公司早就谋划好了一切，只等我这个傻子上钩。是吗？你太可怕了，你让我以后怎么面对蒋晓舞！"柏灵嘶吼着，她无法理解张龙为什么要这样做，他想帮她出名吗？不！友谊和名气比起来，她更重视友谊，对！她要去找蒋晓舞跟她解释清楚，她甩开张龙的手，正欲跑出去，只听见身后一阵膝盖硬生生撞击地面的声音。她回头，张龙跪在了她的面前："对不起！灵儿，我利用了你，利用了蒋晓舞，但是我也没有办法，我带着这个乐队，放弃了一切，苦熬了这么多年，一点成绩都没有，我不想再对不起兄弟，就算有一点希望、一丝希望我也会付出一切得到！"

"那你就出卖我？出卖我你就能得到合约吗？"张龙的这一跪让她的心都碎了，她多想去扶他起来，可是……

"是！聚光说只要我让你签下合同，他们也让我们乐队签合同出唱片，我不能错过这个机会……"

"那你告诉他们，是蒋晓舞不就行了吗？你和她的愿望都能实现！"

"你以为唱片公司都是傻子吗？蒋晓舞这个冒牌的总有一天会露馅，那时我们都会被打回原形，只有你，真正的灵歌，你可以帮我实现梦想……"张龙几乎是用乞求的眼神看着柏灵。

"你的愿望要建立在蒋晓舞的痛苦上吗？"柏灵大吼道，"我不会帮你的，我不会签约！"

张龙猛地抱住了柏灵的腿大哭起来："灵儿，我真正想签约的目的，是不想让你妈妈瞧不起我，真的……她不总想让你嫁给大明星吗？她不是总希望你和SUN在一起吗？她每次见到我那种鄙视的表情，你知道我的心有多难受吗？我不能没有你……但是不成为大明星，你妈妈能接受我们在一起吗？"

张龙哭得撕心裂肺，柏灵从没有看过一个男生哭成这样，而且还是跪在她的面前，还是她喜欢的人，她的心怎么会不动摇。"你起来吧……"

"我不能起来，求你帮我……灵儿！以后你要我做什么都可以！"张龙抱住她死死不撒手。

"我们去签约吧！"柏灵眼神涣散地说道。

"真的！"张龙简直不敢相信自己的耳朵。

柏灵无奈地点头。

在温蓉的办公室里，她开心地将合约递给张龙和柏灵看："合约期限为五年，在这五年里你在聚光将出几张唱片，或要接什么类型的活动，利益怎么分成，上面都写得清清楚楚，你们看不懂的可以问我，看好我们就可以签字了。刚才要是在签约仪式上签了多好，搞得现在冷冷清清，一点气氛都没有，唉！我们聚光签哪个艺员会是这种待遇，放心，下次我会给你补上的……"

合约都是张龙认真仔细地逐条看着，看完后满意地点头："灵儿，签吧！以后咱们一定会红遍整个亚洲！"

"何止是亚洲，应该是进军全球！哈哈哈哈！"温蓉笑着在合同的甲方处签名。

张龙急切地催促柏灵，生怕她突然改变主意："快签吧灵儿！"

柏灵颤抖的手拿起了笔，正在这个时候SUN冲进了办公室，跟在身后的还有想抓住他的杨樱："我不同意！"SUN大叫着，"我不同意柏灵签约！"

"SUN，我们公司和灵歌签约，好像跟你没有什么关系吧？"温蓉不禁笑了，接下来将发生什么，似乎已经在她预料之中了，SUN就像盛满黄金的金矿，但是随时有坍塌的可能，既然挖掘有生命危险，还不如留着命去挖掘其他牢固安全的金矿。

"可柏灵她不愿意……"SUN转头看向柏灵，"别怕。灵儿你说，如果不愿意，你可以不签，他们不能把你怎样！"柏灵却低下头不敢面对他。

"你说话啊灵儿……"SUN着急地叫道，他不想柏灵被迫走进这个圈子，他在这儿太久了，他熟悉这里的一切规则。就像一个外表光鲜的水果，里面却已被害虫蛀穿，他不希望柏灵踏进来，而且还是在被迫的情况下。

"我……"柏灵支支吾吾。张龙猛地站起身："你凭什么左右灵儿的思想，你是他什么人？"一切成功近在咫尺，他不能让任何人毁掉他的前途，"只许你成名，不许别人出名，你怕了吗？怕我出名了超过你？"

SUN觉得好笑，推开他："我没跟你说话，你给我闭嘴，不就是你在利用灵儿，左右她的思想。不是吗？"

张龙扑了过去，像一只发了怒的公牛："我警告你别想破坏这一切！"

杨樱使劲扯开张龙，吼道："你和柏灵的事情，你以为他可以决定吗？"

张龙似乎想到什么似的，如抓救命稻草般，握住呆坐在那里的柏灵："快签啊！灵儿！不用考虑了。"

"柏灵只要签字，我就和你们聚光解约。"SUN一字一顿地说出足以让大家惊呆的话。特别是杨樱，几乎是跳了起来："你疯了？SUN！"

只有温蓉是脸不红心不跳地轻松说道："SUN你是在恐吓我吗？不知道你算清楚没，如果你现在跟我解约会赔偿我多少违约金？"

杨樱慌忙说道："温总我来劝他，他也只是年轻气盛。"

"我没有，我话已经说出来了，只要柏灵签字我就解约……多少解约金我也付了……"SUN说完望向小脸憋得通红的柏灵。

"你就这么讨厌我吗？就连我跟你同签一家公司也觉得受不了吗？"柏灵终于控制不了地大吼出声。

"对！我讨厌你，讨厌你的单纯被人利用，讨厌你的优柔寡断，明明不想签，却要签这个卖身契……"

"我签……"柏灵抓起笔在两份合同上分别签上了自己的名字，"这是为我自己签的，为我自己……"

温蓉满意地笑了："柏灵已经签了，你们乐队的这份合同和她的差不多。还需要认真地看看吗？"

张龙抓起笔就签了名，他现在害怕，害怕迟了一步机会就跑掉了："我们相信公司！"

"很好！"温蓉笑了，又看向一旁的SUN。"他们签字了，你还解约吗？"

SUN冷冷地说了句："解约……"猛地推开温蓉办公室的门，走了出去。

温蓉毫无挽留的意思，将柏灵的合约书递给杨樱："你好好看看柏灵以后的发展规划，以后你带她吧！"

"温总你真放SUN走？他可是聚光的一哥，为公司赚了多少钱啊！"杨樱希望温蓉能重新考虑。

　　"是他自己要解约的，我也没办法，咱们和艺员是双向选择。你说呢？"温蓉说得很轻巧。

　　杨樱似乎从她的表情中看出了什么，嘴角一牵："不过也对！SUN这段时间总被人找麻烦，没有人找他代言活动，所以您也不想为他收拾烂摊子了，SUN自己解约你又可以得到巨额毁约金。您真是天机算尽啊！"

　　"哪里！哪里！这还要SUN配合好啊！"温蓉露出了老狐狸的真面目。

　　"那请您别让他付毁约金了，还有几个月SUN的合约就要到期了，不如和平分手。不好吗？"杨樱几乎在乞求。

　　"这……以后艺员都要求这样解约，我该怎么办啊！这种先例开不得，你是有名的经纪，当然也清楚！"温蓉说得头头是道。

　　杨樱冷哼一声，重重将合同扔在温蓉桌上："行！SUN解约，我也不干了！您另请高明，带这位灵歌小姐，还有这个赠品乐队吧！"说完她也走出了办公室。

　　温蓉对着她的背影轻笑："你会回来的！"然后又转向张龙和柏灵，露出职业的笑容，"欢迎你，灵歌！欢迎你，张龙！欢迎你们走进了聚光这个温暖的大家庭！"

　　张龙终于泄了口气，他的梦想终于可以在这一刻实现了！而柏灵全身颤抖地缩在沙发一角。一切来得太快，就像做梦一样，以后对于她来说太迷茫，不知自己能否承受。

　　杨樱好不容易追上SUN："你再考虑一下——"

　　"不用了！"SUN有些疲惫地斜靠在墙上，修长的指甲上夹着香烟。

　　杨樱是第一次看到他抽烟，那样子不再是她熟悉的阳光大男孩：

"这不能意气用事，你知道如果解约要赔多少吗？"

"多少？不会让我去卖血卖肉吧！"SUN苦笑着。

"差不多了！你现在赚来的一大部分身家都要用来付毁约金！你就不能找到一家新公司，为你赔偿？"

"付吧！就当一切重新开始！"SUN叹口气。

"好！你有骨气，我杨樱也不是怕事的人！我已经辞职了，以我在圈子里的关系，可以让你进更好的公司。"杨樱拍拍他的肩膀鼓励他。

"樱姐！"SUN扔下烟头，认真地看着杨樱，"我第一次这么叫你，这么多年，我觉得你一直像我姐姐一样对我那么好。你回去吧，别再带着我了，我这段时间不管在哪做活动都会有人来捣乱，我不知道到底得罪了哪路人，但是我知道，哪家公司都不会要我这样惹麻烦的艺人。"

"可是……"

"还有件事情我想请求你……"

杨樱受不了地拍拍自己的额头："别说了，我知道你要说什么，我是不会带柏灵的！"

"没有你带着她，那个丫头肯定要在娱乐圈吃亏的！"SUN抓住杨樱的手，"五年啊，我把她交给你才放心！"

"凭什么？我是她保姆吗？是她自己要签的，多深的水也要让她自己闯过去啊！"

"樱姐！"

"你不是不在乎她了吗？你不是要跟她划清界限吗？"

"那是迫不得已，我再接近她，张龙那小子就要伤害她，我不能让柏灵受到伤害！"

"所以你宁愿自己受伤，宁愿失去一切，就只为了她？"看见SUN肯定地点头，杨樱重重地将背包拍向墙壁，"浑小子！"她头也不回地向温蓉的办公室走去，SUN不顾一切地为了柏灵，而她却也不顾一切地为了他。这到底是怎样一个复杂的关系？杨樱觉得这个世界混乱透了。

灵歌惊现，乐坛震惊

灵歌：从麻雀到凤凰

神秘的见面会：灵歌签约聚光

"灵歌"——一个高中女生创造的神话

SUN的女友——"灵歌"出道前的终极炒作

　　仅仅看到这些报道的题目，就让柏灵一个头变成两个大。自从和聚光签约后，她的生活发生了翻天覆地的变化。虽然还住在老地方，但是房间全部被翻新了，公司说这样更适合明星的品味和保护明星的隐私。全家人受宠若惊地接受了这突如其来的一切，可对他们来说，只是出门多了一件值得炫耀的事情，没人会在意柏灵怎么成为灵歌的，SUN为什么会走。SUN自从那天离开后，柏灵就和他失去了联系。他到底在哪儿？现在还好吗？

　　正陷入沉思的柏灵，被一阵闪光灯闪得魂兮归来，她转过头去，发现竟然是左安同学正拿着手机对着她一阵狂拍。

　　"干吗？"今天是柏灵第一天回学校上课，本来公司是准备给她请家庭教师，可惜被她拒绝了，这是她唯一的要求，回学校上课。

　　就算是从柏灵嘴巴里吐出的两个字也足以让左安同学受宠若惊："你在跟我说话？"

　　"不是你在拍我吗？"柏灵奇怪地看着这个翘着兰花指的日夕财团公子。还是这个学校还是这个班级，但自从柏灵成为灵歌后一切都变了。同学们都对她分外友好，没有人再叫她草根女，连一直看他不顺眼的左安也变得神经兮兮，只要看到她出现就会怪叫："天啊！灵歌跟我说话了！我得录下来当铃声！"柏灵受不了地耸耸肩。难道她原来没和左安同学讲过话吗？她还曾经掰断他的指甲。

　　"这是送给你的！"左安拿出一大包安娜苏的各色指甲油推到柏灵面前，"我觉得这个牌子适合你，但不知道你喜欢哪个颜色的，所以一

个颜色买了一支，你喜欢吗？"

柏灵忙推回去："我不擦这个……谢谢！"

"拿着吧！"左安的小肩膀抖得跟小柳树一样，撒着娇，"你的手指和我一样美，你适合这个，试试看……"

"人家可是大明星了，瞧不起你指甲油……"

柏灵抬头，发现是蒋晓舞冷笑着走进教室。她连忙跑过去："晓舞，你来啦！"

"大明星来了！不敢当，您可别站我跟前，我紧张！"蒋晓舞白她一眼坐在了自己的板凳上。

"我们有些误会，需要解释！"柏灵抓住晓舞的手，急切地说道。

蒋晓舞狠狠甩开她："没有误会，就是你……柏灵，利用了自己的朋友成为了灵歌！是你说会帮我的，是你让我去假冒你的。不是吗？为什么要到最后那样要我，当着全校同学的面，为什么？"

"我……当时我也不知道……"柏灵不知怎么才能解释清楚，但她不想失去蒋晓舞这个好朋友。

"哎哟！别说的那么好听了，蒋晓舞同学，学校里早就传开了，说你早知柏灵就是灵歌，你却想借灵歌的名气出名，便让柏灵跟你在舞台后假唱，结果穿帮了，怪不得别人，是你自己虚荣，弄虚作假！"左安用他修长的青葱指指向蒋晓舞，一副居委会大妈的八卦嘴脸，"是你利用了别人，还反过来说别人利用你。世界上怎么会有你这种恶心的人，我都看不下去了……"下一秒便是左安发出撕心裂肺的尖叫声，蒋晓舞狠狠用笔盒砸在了他的手指上。

"柏灵成为明星多好啊！连最瞧不起你的左安都为你说话了！我恨你！"蒋晓舞狠狠地掰断一根钢笔，"我会让你得到报应，这一箭之仇我一定会还给你的！"说完，蒋晓舞便冲了出去。

"太野蛮了，这个没家教没修养、没才也没财的野丫头，我明天就可以让你滚出这所学校！"左安指着门外大骂。

"你这个讨厌的爱指甲癖，如果你再敢这么说蒋晓舞，我就一根根拔掉你的指甲！"接下来又传来左安的鬼哭狼嚎声，柏灵狠狠用笔盒打了他没受伤的另一只手，跟着走出了教室。

跑到校园里，柏灵依然找不到蒋晓舞的身影，却沿途引来无数同学的追逐："是灵歌，是灵歌！我最喜欢听她的歌呢！"

"灵歌，我是你的粉丝！"

"给我签名吧！"

无数手机在拍照。柏灵手足无措，杨樱不在身旁，她不知该如何去面对和应付，只有慌张地夺路而跑。

走在大街上，柏灵穿着校服戴着太阳镜，她自己都觉得可笑，但是沿途公车、广告宣传牌上都挂满了她的宣传画。她的第一盘专辑即将面世，全部都是她在网络上的创作歌曲。聚光的动作非常之快，为了给她打响第一炮，上周给她安排了密集的宣传，记者招待会、歌迷见面会、各大频道的综艺节目和打榜节目，还有参加活动增加曝光率，一天几乎24小时不停息。柏灵头一次觉得明星不是人干的活儿，"鼻涕泉"这么多年到底是怎么挨过来的？

SUN？怎么又想到他了，他到底去哪了？自从SUN召开记者招待会与聚光解约后，仿佛整个人从地球上蒸发了，连杨樱这么有人脉的人，也没法找到他在哪儿。他不会有什么事情吧！刚想到这里，柏灵连忙敲自己脑袋暗暗骂自己："笨蛋，不许瞎想，不许诅咒SUN！"

想到SUN便想到了张龙，也有几天没看见他了。和公司签约后，他们乐队就搬离了柏灵所在的小区，听说是公司给他们另找了地方。恋爱的事儿好像也名存实亡了，本以为和张龙签在同一家公司，见面的机会会多，但令她失望的是，这根本就是妄想。张龙这段时间在干吗呢？想到这里柏灵拿出了手机拨通了张龙的电话，响了好一会儿，终于手机接通了，那边传来一个熟悉的女声，细细尖尖犹如银铃般："喂！你好！龙！有人找你……"

"我说过别接我的电话……"张龙的声音。

柏灵正想着，眼角余光不经意向对街一瞥，那不是……瞬间感觉自

己如遭电击，整个人动弹不得，是SUN？尽管他戴上了棒球帽和墨镜，但柏灵仍能一眼就认出他。她这段时间是如此想念他，以至于认为自己和他的相遇只不过是梦境。

"SUN……SUN……"柏灵不断地轻声念叨他的名字，挂断手机，然后疯了似的冲到对街，柏灵可以感觉到自己那种不要命的样子，差点让街上的交通大乱。她慌乱地在街上搜寻他的身影——可惜，看到的却是无数张陌生的面孔和诧异的目光，SUN呢？她刚才明明看到他正在这条街上走。那一定是他，可是现在他又消失的无影无踪——不可能！柏灵继续在马路中央搜索SUN的踪影。突然她在一辆疾驰而过的黑色房车上发现了SUN，他被两个看上去像黑社会的黑衣人，牢牢抓住，却拼命挣扎，天！SUN被人绑架了！

柏灵想拿出手机报警，不行……现在SUN刚走出合约纠纷，要是再爆出他被绑架，和黑社会有纠纷，那以后还有哪个不要命的经纪公司敢签他啊！不行……不行！先跟过去，如果发现不对劲，再立马报警吧！柏灵拦下一辆计程车追了过去。

"天！这么高的门，难道是监狱吗？"柏灵仰头看着，建筑在半山腰上的这座如城堡般的建筑物。

红色的高墙，黑色的大门。SUN就在里面，已经进去好半天了，可惜我们的柏灵小姐还在门外努力向里面爬。说实在的，爬门可是她的强项。从初中开始，柏灵就因为经常跟臭美弟弟柏文抢厕所而迟到，迟到的结果当然不能从正规途径进入美丽校园了，只有翻后门，因为那里没有值日生，所以功夫就这么练出来了。

好不容易爬到了大铁门顶上，柏灵不由惊叹。里面是犹如皇宫一般的大花园，超大的希腊式喷泉、天鹅绒草坪和大理石广场，西式的大别墅洋房，更有比海洋世界还大的游泳池。这里是娱乐会所吗？SUN是来这儿消遣的？不会吧！哪有被绑着来度假的。不能多想了，"鼻涕泉"还在里面，说不定正在被严刑拷打。虽然想不通这些人为什么要拷打SUN，反正她将变身女超人，救SUN于水火之中，就算是弥补她小时候曾经对他犯过的错误吧！思想运转的功夫里，柏灵已经加快步伐，翻过了高大的铁门，正准备跳下地面。就在这时，一群流着涎水的黑色猎狗冲向了她。

"不会吧！"门口可没有牌子说，内有恶犬不得入内啊！虽然柏灵家也养狗，可是仔仔多乖啊！再看看这群饿疯的狗，正轮番蹦跳着想咬住她的脚，柏灵想往门上爬，可惜她的校服挂在了铁门的装饰花上，现在是进退两难啊！"你们走开，走开！我告诉你们，我可是黄蓉的第五十八代传人，我会打狗棒法的，走开！"

可猎狗才不吃这套，更踊跃地往上跳跃着。

柏灵不得不大叫："救命啊！"

（未完待续。后续故事，敬请关注青春偶像励志小说《辛德瑞拉的必杀技II》）

第七章 谜底揭晓 灵歌现身